ADOLPHE

BENJAMIN CONSTANT

Adolphe

Anecdote trouvée
dans les papiers d'un inconnu

ÉDITION PRÉSENTÉE ET ANNOTÉE PAR GILLES ERNST

LE LIVRE DE POCHE
Classiques

Cet ouvrage a été publié
sous la direction de Michel Simonin

© Librairie Générale Française, 1995, pour la présente édition.

ISBN : 978-2-253-04588-5 - 1re publication - LGF

Introduction

1. *Un roman à épisodes*

La rédaction d'*Adolphe*, roman racontant le drame d'un homme aimé d'une femme qu'il aime mal, commence avec une femme. Cette femme est allemande, elle s'appelle Charlotte de Hardenberg et est née en 1769 à Londres, où son père était diplomate. Devenue baronne de Marenholz par son mariage, elle rencontre pour la première fois Constant en 1793, à Brunswick, où il a une charge à la cour depuis 1788. Mais l'idylle ne dure guère, et Constant ne reverra Charlotte, entre-temps divorcée et remariée avec un noble français, le vicomte du Tertre, qu'en 1804, où elle prend l'initiative de renouer. D'après son journal, les retrouvailles le laissent d'abord « très froid[1] » ; et, s'ils se rencontrent à nouveau ou s'écrivent en 1805, ce n'est que le 19 octobre 1806 que le ton change. Charlotte a « embelli », et Constant, soudain fort épris, trouve sa « résistance »

---

1. Toutes les citations des journaux intimes de Constant sont extraites de l'édition des *Œuvres de Benjamin Constant*, établie par Alfred Roulin, Gallimard, « Bibliothèque de la Pléiade », 1957. L'indication de la page est directement portée dans notre texte, entre parenthèses.

bien longue. Le 20 octobre et les jours suivants, c'est l'euphorie : « Charlotte a cédé », elle est un « ange de douceur et de charme », et le bonheur qu'elle lui donne est « par trop fou » (pp. 588-590)...

Benjamin Constant, né en 1767 et alors âgé de trente-neuf ans[1], est pourtant loin d'être novice en amour. Il a eu de nombreuses liaisons dans sa jeunesse ; marié en 1789, pour peu de temps, avec une dame d'honneur de la cour de Brunswick, il est, depuis 1794, l'amant de Mme de Staël. Il n'est pas facile d'aimer une femme célèbre, qui a du caractère, et que Bonaparte, en l'exilant en 1803, a parée de la gloire du martyre. « Minette » (c'est ainsi que Constant la nomme) a sur lui un « ascendant » à la fois irrésistible et pesant ; elle le poursuit quand il est avec elle à Coppet, et elle le poursuit lorsqu'il est loin d'elle (les mentions *« Lettre de Minette »* *« Lettre à Minette »* abondent dans le journal). Lui, de son côté, balance constamment entre la continuation et la rupture ; il la trompe aussi de temps à autre, par exemple en 1800 avec Anna Lindsay (1764-1821), une jeune Irlandaise, mère de deux enfants, qui, après une jeunesse aventureuse, a forcé l'estime de son entourage par son dévouement pour Auguste de Lamoignon, un gentilhomme français qu'elle a suivi en émigration à Londres. En 1804, les rapports de Constant et de Mme de Staël ont franchement tourné à l'orage, et il n'est que trop heureux de revoir Charlotte. Si heureux même que, le 30 octobre 1806, il note dans son journal : « Commencé un roman qui sera notre histoire » (p. 592). Sous sa plume, le mot est neuf. Il annonce aussi un tournant dans sa vie.

Né citoyen suisse, à Lausanne, promené, au gré des caprices d'un père officier au service de la Hollande, de précepteur en précepteur et de pays en

----

1. Pour les principaux événements de la vie de Constant, voir, après cette Introduction, le tableau chronologique, p. 47.

pays, Constant a eu une jeunesse agitée où il a beaucoup lu tout en fréquentant les milieux les plus divers. Il découvre Paris en 1785-1786, se rend ensuite à Brunswick, puis assiste son père à La Haye, où celui-ci a un vilain procès sur les bras, puis retourne à Brunswick et enfin à Lausanne. Nous sommes alors en 1794, et la France, dont il se sent citoyen de cœur avant de le devenir officiellement en 1798, sort des excès de la Terreur. Républicain modéré, Constant soutient le Directoire instauré en 1795 ; en 1799, après le coup d'État du 18 Brumaire, Bonaparte le nomme membre du Tribunat, poste qu'il lui retire en 1802 parce qu'il flaire en lui un adversaire. En somme, Constant n'a été avant 1806 qu'un voyageur et un homme public, et les rares textes qu'il ait écrits sont politiques (essais sur la meilleure forme de gouvernement et discours).

Or, voici qu'il entreprend soudain un roman, et un roman d'amour encore, dont l'héroïne sera l'« ange » retrouvé quelques jours avant. Non que l'enthousiasme l'aveugle. Il voit bien qu'il y a de la « monotonie » dans son texte — retenons ce détail —, et qu'il « faut en changer la forme » (5 novembre). Le 7 novembre, autre inquiétude, provoquée par Mme de Staël qui a appris qu'elle a une fois de plus une rivale. Il s'ensuit une scène violente. Ce ne sera pas la dernière. Le 10 novembre, Constant est dans une « agitation extrême » ; et on doit supposer que son roman s'en ressent d'une certaine façon car la mention « Avancé mon épisode d'Ellénore » indique qu'il envisage de l'étoffer par une intrigue annexe, qui aura pour héroïne une autre femme que Charlotte. Ce qui risque de nuire à l'unité de l'œuvre, comme en témoignent ces lignes du 12 novembre (où « épisode » est encore au féminin, selon l'usage du xviie siècle) :

Lu le soir mon épisode. Je la crois très touchante, mais j'aurai de la peine à continuer le roman ;

9

et celles du 13 :

> Avancé beaucoup dans mon épisode. Il y a quelques raisons
> pour ne pas la publier isolée du roman (pp. 592-595).

Pourquoi ces craintes ? et quel est le lien de l'« épisode » avec l'histoire d'Adolphe ? La question a beaucoup inquiété les spécialistes, pour lesquels la genèse d'*Adolphe* pose un double problème. Celui, d'abord, du contenu exact du « roman » rédigé du 30 octobre au 10 novembre, et qui serait selon les uns[1] le début de *Cécile*, autobiographie inachevée, retrouvée seulement au XXᵉ siècle et publiée en 1951[2]. Divisée en huit « périodes » allant du 11 janvier 1793 au 13 décembre 1807, *Cécile* est l'histoire d'un jeune homme partagé entre Mme de Malbée (Mme de Staël) et Cécile de Wartebourg (Charlotte), qu'il revoit au bout de dix ans, le 21 octobre 1806, pour connaître quelques mois de bonheur que trouble Mme de Malbée. En fait, le héros ne parvient pas vraiment à se séparer de Mme de Malbée, et c'est dans cet état d'indécision, « mobilité funeste » qui n'est pas « fausseté », dit-il (p. 216), qu'il suit Cécile à Besançon, puis à Dole, où elle tombe gravement malade. Les ressemblances entre Adolphe et le héros de *Cécile* plaident évidemment en faveur de la rédaction de *Cécile* dès 1806. Pour d'autres spécialistes, au contraire, *Cécile* n'est pas le premier jet d'*Adolphe*, parce qu'elle a été rédigée bien plus tard[3], en 1811.

---

1. C'est la thèse de J.-H. Bornecque, dans son édition d'*Adolphe*, Garnier, 1955, pp. LVII *et sq.*
2. Texte cité ici exclusivement dans l'édition des *Œuvres*, *op. cit.*, et selon les mêmes normes que les autres textes de Constant (voir *supra*, note 1 de la p. 7).
3. Opinion d'Alfred Roulin, dans son édition des *Œuvres de Benjamin Constant*, *op. cit.*, pp. 1470-1471, où la démonstration s'appuie sur deux passages de *Cécile* : le premier, décrivant le bonheur des deux amants, ne serait pas postérieur à 1811, car, en 1812, Constant commence à se déprendre de Charlotte ; le second, qui évoque une exigence du mari de Charlotte demandant en 1806 un délai de trois ans pour divorcer, ne serait pas antérieur à 1809.

Seconde énigme dans la genèse d'*Adolphe*, celle du sens du mot « épisode » dans la bouche de Constant. D'aucuns pensent qu'il est synonyme du « roman » d'Ellénore, que Constant, le traitant comme un « tout presque indépendant », envisageait de publier à part, mais en même temps que celui de Charlotte[1]. Selon l'hypothèse estimée maintenant la plus probable, l'« épisode » est bien un épisode. Donc, conformément à l'étymologie (« sur le chemin »), une action secondaire greffée sur l'histoire principale. Cette action, où Ellénore s'inspirait en partie d'Anna Lindsay et en partie de Mme de Staël, a ensuite pris le pas sur l'histoire de Charlotte, pour finalement la supplanter complètement[2]. Indice supplémentaire de l'effacement de Charlotte, Constant a songé un moment à compliquer l'« épisode » en opposant à Ellénore, dont la mort était prévue et devait d'emblée prendre un grand relief, une troisième femme[3].

Reste une question : pourquoi Ellénore a-t-elle évincé Charlotte ? Il est difficile de répondre. Constant a-t-il craint, en décrivant son idylle avec Mme du Tertre, de heurter Germaine de Staël ? Ce n'est pas exclu. Il est en tout cas étrange que celle-ci écrive dans une lettre du 16 novembre 1806 : « Benjamin s'est mis à faire un roman, et il est le plus touchant que j'ai lu[4]. » Ne serait-ce pas là le signe que le

1. Alfred Roulin, dans *Œuvres*, *op. cit.*, pp. 1435-1436.
2. On suit ici la thèse de Paul Delbouille, exposée tant dans *Genèse, structure et destin d'Adolphe*, Les Belles Lettres, 1971, p. 33 *et sq.*, que dans son édition d'*Adolphe*, même éditeur, 1977, p. 11 *et sq.*
3. Le prouve cette esquisse trouvée dans les archives d'Estournelles de Constant : « Amour d'Adolphe. Il lui persuade que le sacrifice d'Ellénore lui sera utile. Maladie d'Ellénore. La coquette rompt avec lui. Mort d'Ellénore. Lettre de la coquette pour renouer. Réponse injurieuse d'Adolphe » (cité par P. Delbouille, édition citée, pp. 16-17). La « coquette » est évidemment une autre femme que Charlotte.
4. Lettre citée par P. Delbouille, *Genèse...*, *op. cit.*, p. 385.

roman ne parle plus de Charlotte, mais d'une femme dans laquelle elle ne se serait — pour le moment — pas reconnue ? Une autre raison a pu jouer, qui tient au contenu du nouveau projet. On l'a vu plus haut, Constant était sensible, dès le 5 novembre, à la « monotonie » de l'histoire de Charlotte. Avec son héroïne tourmentée, l'« épisode » offrait un canevas plus original, ce qui expliquerait peut-être le changement de direction radical intervenu cinq jours après. Quoi qu'il en soit, si Charlotte devait pour longtemps rester au centre des pensées et du journal de Constant, le roman écrit après le 10 novembre 1806 ne pouvait plus être le sien. Pour l'écrivain qui enregistre fidèlement les aléas de la création — « Travaillé sans goût à mon roman », « Travaillé assez bien à mon roman » (pp. 595-596) —, l'œuvre se développe rapidement. Le 23 novembre, il la lit à un ami sensible à son « talent » ; début décembre, il a encore avancé et note ici (où le chiffre 4 désigne le travail), « 4 un peu, à mon roman », et là, « Amélioré le plan de mon roman ». Le dénouement est entrevu le 21 :

> Quand j'en aurai encore fait les deux chapitres qui rejoignent l'histoire et la mort d'Ellénore, je le laisserai là.

Enfin, le 28 décembre, où il est également fait état d'une scène avec Mme de Staël qui aurait perçu qu'elle est un des modèles d'Ellénore, Constant relisant son texte souligne une fois de plus l'intérêt de son héroïne :

> Cette lecture m'a prouvé que je ne pouvais rien faire de cet ouvrage en y mêlant une autre épisode de femme. (Le héros serait odieux.) Ellénore cesserait d'intéresser, et si le héros contractait des devoirs envers une autre et ne les remplissait pas, sa faiblesse deviendrait odieuse (pp. 597-603).

Voilà sans doute le roman achevé pour l'essentiel. Remarquons qu'il a été rédigé en peu de temps. Il y aura encore des modifications entre 1807 et 1816. De plus, Constant lit son manuscrit devant divers publics, comme s'il sondait les réactions des lecteurs potentiels. Ces lectures ont lieu dans l'année 1807, où il observe, le 28 mai, qu'il a produit un « effet bizarre » (p. 635); puis, après un silence de quatre ans, au cours duquel il est transcrit par un copiste (1810), elles reprennent en 1812, en 1813 et en 1814 où, le 23 juillet, il note que « les femmes qui étaient là ont toutes fondu en larmes » (p. 736). *Adolphe* fera pleurer d'autres femmes en 1815 et 1816, année où il est enfin publié.

On ne sait rien de précis sur les motifs qui ont amené la publication d'une œuvre que son auteur juge en ces termes, le 8 janvier 1812 : « Lu mon roman. Comme les impressions passent quand les situations changent. Je ne saurais plus l'écrire aujourd'hui » (journal, p. 685). Et il est vrai que Constant a changé. Le 5 juin 1808, il a épousé Charlotte, qui a pu divorcer, non sans mal, de M. du Tertre. Pendant un an, il a caché ce mariage à Mme de Staël, qui l'a appris par Charlotte en 1809. Il a rompu définitivement avec elle en 1811. A-t-il voulu la ménager en différant la publication d'*Adolphe* ? Il écrit en tout cas encore le 5 juin 1816 à Mme Récamier, quand le roman est déjà chez l'imprimeur, qu'il redoute qu'elle « s'en blesse[1] ». Elle n'en sera pas blessée, selon un mot du 17 juillet 1816 (le livre est édité depuis plus d'un mois) : « Lettre de Mme de Staël. Mon roman ne nous a pas brouillés » (p. 818). Rendant la politesse, Constant saluera d'ailleurs dans sa préface l'élégance de son ancienne maîtresse, et citera ses romans comme exemples types d'œuvres non autobiographiques.

On peut également expliquer la parution tardive d'*Adolphe* par des raisons moins intimes. D'ordre lit-

1. Cité par P. Delbouille, *Structure*..., p. 107.

téraire, en premier lieu. Constant, qui rédige vers 1811 *Le Cahier rouge*, histoire de son adolescence[1], se met à traduire le *Wallenstein* de Schiller en 1807. La traduction paraît en 1809. Un autre théâtre que celui du cœur l'intéresse donc, théâtre tragique qui l'attire depuis longtemps, et dont on repère l'influence dans *Adolphe*[2]. Il y a ensuite les événements politiques de 1813-1815. Lorsque la chute de Napoléon devient probable, et que ses ennemis envisagent sa succession, Constant soutient la candidature de Bernadotte[3], qu'il a rencontré en 1813. Mais le 6 avril 1814, c'est Louis XVIII qui monte sur le trône. Constant observe son entrée à Paris d'un œil méfiant, suit du même œil l'élaboration de la Charte (document par lequel Louis XVIII accepte la monarchie constitutionnelle), mais fait sa cour au tsar de Russie, dont les troupes occupent le pays. Il fréquente les salons parisiens, voit Talleyrand ou Fouché, et aspire visiblement à jouer un rôle politique.

Une nouvelle liaison l'en détourne un moment. Le 31 août 1814, il tombe amoureux de Mme Récamier et s'écrie : « Ah çà ! deviens-je fou ? » (journal, p. 739). En un sens, ce n'est pas faux, car, les mois suivants, le journal ne parlera que de cette folie. Le retour de l'île d'Elbe produira chez Constant un

1. Titré par Constant *Ma vie*, ce récit resté longtemps inconnu est publié pour la première fois en 1907, sous le titre *Le Cahier rouge* (par allusion à la reliure du manuscrit). Inachevé, il relate la vie de Constant de 1767, année de sa naissance, à la période 1786-1787 qui est développée en détail.
2. Voir plus bas, partie 3 de cette Introduction.
3. Bernadotte (1763-1844), né à Pau, général de Bonaparte, puis maréchal d'Empire, se signala lors d'une des campagnes napoléoniennes par sa sympathie pour la Suède, ce qui lui valut d'être choisi comme prince héritier de ce royaume, dont le monarque n'avait pas d'enfants, en 1810. Il fut dès lors un adversaire de Napoléon. Constant l'appelait le « Béarnais » et intrigua longtemps pour qu'il devienne roi de France en 1814. Bernadotte fut couronné roi de Suède en 1818 et est donc le fondateur de l'actuelle dynastie suédoise.

autre égarement, qui lui coûtera toutefois plus cher. Le 19 mars 1815, il proclame dans un article qu'il ne soutiendra pas Napoléon. Le 30 mars, il voit pourtant Joseph, le frère de l'Empereur, et, déjà, se rend : « Espérances. Y aurait-il vraiment chance de liberté ? » (journal, p. 778). Il faut croire que oui, puisque, peu après, il se rallie à Napoléon qui l'appelle au Conseil d'État et le charge de rédiger ce fameux « Acte additionnel aux Constitutions de l'Empire », par lequel il pense se concilier ses opposants en libéralisant le régime. La suite est connue : à l'extérieur, les coalisés se font toujours plus menaçants, et c'est, le 18 juin 1815, la bataille de Waterloo. Constant comprend le 21 juin que tout est fini pour Bonaparte : « La débâcle complète » (journal, p. 786). Pour lui aussi, qui ne se sent plus en sécurité en France, bien que Louis XVIII ait rapporté l'ordre d'exil qui l'a frappé en juillet. Le 31 octobre 1815, il s'éloigne de Paris, gagne d'abord Bruxelles où il reste jusqu'au début de 1816 et donne lecture d'*Adolphe*, ensuite Londres où il est le 27 janvier. *Adolphe* est à nouveau lu dans divers salons, et, le 14 février, évoquant son « succès », Constant dit vouloir le « vendre » à un imprimeur (journal, p. 808). Le 17 février, il note encore : « Lu mon roman chez Lady Besborough. C'est la dernière fois. Je l'imprime » (p. 808). La chose est faite le 30 avril : « Donné mon roman à l'impression » (p. 813).

Les raisons financières mises à part[1], on peut supposer que ce sont les encouragements donnés à son roman qui ont conduit Constant à le publier. Il paraît le 6 juin chez Henry Colburn, libraire de

---

1. Constant est à ce moment dans une situation difficile et craint d'être « ruiné » (journal, 16 février, p. 808). L'imprimeur anglais lui offre « 70 louis » (journal, le 29 juin 1816, p. 817), ce qui, selon P. Delbouille, *Adolphe*, édition citée, p. 71, représente une « somme non négligeable », soit « quelques centaines de francs-or » de l'époque.

Londres qui avait déjà publié quelques essais de Mme de Staël, et l'impression de son texte, introduit par l'« Avis de l'éditeur », et clos par la « Lettre de l'éditeur » et la « Réponse », a certainement été surveillée par l'auteur. Presque en même temps, puisque sa parution est annoncée par des journaux français le 7 juin 1816, sort l'édition dite « de Paris », chez Treuttel et Würtz, dont le texte est pratiquement le même que celle de Londres, si bien qu'on estime qu'elle a été réalisée d'après les épreuves de celle-ci et en tout cas avec l'accord de Constant[1]. *Adolphe* a donc eu deux premières éditions parallèles. Il y aura, la même année, une seconde édition, à Paris, également chez Treuttel et Würtz. Cette seconde édition, dont les exemplaires sont rarissimes, reproduit le texte de Londres, mais augmenté d'une préface; elle est le résultat d'un « subterfuge » imaginé par Colburn et Constant[2] pour permettre à ce dernier, alerté par certains articles de journaux sur les clés d'*Adolphe*, d'en nier le caractère autobiographique. Fin août 1816, paraît une édition en anglais. En 1824, Constant publie une troisième édition, chez Brissot-Thivars, édition légèrement différente, qui comprend une seconde préface, plus courte. C'est ce texte qui est présenté ici.

2. *Clefs pour la fiction*

Victor de Broglie, gendre de Mme de Staël, évoque une soirée chez Juliette Récamier, le 19 avril 1815, où Constant a lu son roman, s'est mis à pleurer, a fait pleurer tout le monde, ce qui, à la fin, « par une péripétie physiologique qui n'est pas rare », a provoqué un fou rire général[3]. Le public du temps n'a pas

1. Voir l'édition d'*Adolphe*, de P. Delbouille, *op. cit.*, pp. 73-74.
2. Raison avancée par P. Delbouille, *ibid.*, p. 75.
3. *Souvenirs (1785-1870)*, Paris, Calmann-Lévy, 2ᵉ édition, 1886, cités par P. Delbouille, *Structure...*, *op. cit.*, p. 388.

été aussi hystérique en lisant *Adolphe*, et l'accueil de la presse manifeste, comme on dirait maintenant, des réactions diverses. On loue, certes, la finesse de l'analyse psychologique ; en revanche, on déplore le manque d'action, la morbidité, le style hermétique et, surtout, les outrances propres à l'école romantique. Il y a dans ce roman trop d'« *orages*, de *mystères*, de *vie*, de *mort*, d'*avenir* et d'*idéal* », écrit par exemple un journal parisien, le 21 juin 1816, qui reflète bien le débat, alors en cours, entre l'école classique et la nouvelle génération.

Plus grave encore pour l'auteur, qui note le lendemain : « Paragraphe désolant sur *Adolphe* dans les journaux » (journal, p. 817), il n'est bruit que des similitudes entre Ellénore et Mme de Staël, rumeur que l'écrivain dément dans une lettre de la fin juillet 1816 à un journal anglais, protestant qu'il n'a voulu ni se décrire soi-même, ni peindre ses proches. Ces propos seront repris, avec plus de vigueur, dans la préface de la seconde édition. En vain, car on découvre bientôt d'autres clés pour Ellénore : Anna Lindsay ou Juliette Récamier. Ainsi débutait une affaire qui a agité longtemps la critique constantienne, scindée entre les « staëliens », pour qui Ellénore ne pouvait être que Mme de Staël, et les « lindsayens », pour qui elle ne pouvait être qu'Anna Lindsay. Tous s'accordant néanmoins sur un point, à savoir que le modèle d'Adolphe était Constant lui-même. Il est vrai que celui-ci avait donné des armes aux deux camps : « On a très bien saisi le sens du roman. Il est vrai que ce n'est pas d'imagination que j'ai écrit. *Non ignara mali* [Connaissant moi-même le malheur][1]. »

Le débat est maintenant clos. On reconnaît volontiers qu'Ellénore a le caractère impétueux, la vio-

---

1. Virgile, *Énéide*, I, 630 ; *Journal, op. cit.*, 28 décembre 1806, p. 603.

lence, ou le goût pour les scènes de « fureur » de Mme de Staël, voire son tempérament quelquefois volage, comme le suggère un passage supprimé en 1816 et rétabli en 1824 (voir note 1, p. 185 du texte). De même, on admet qu'elle est en partie Anna Lindsay, par sa vie exemplaire auprès du comte de P***, par son intelligence et, peut-être, par son intérêt pour les langues étrangères[1]. On admet aussi que certaines de ses paroles, quand elle meurt, sont celles de Charlotte malade en 1807 ; ou que Mme de Charrière (1740-1805), écrivain réputé pour la hardiesse de ses idées, que Constant aima dans sa jeunesse, est cette femme d'esprit dont la mort inspire au héros le pessimisme exposé au chapitre I. Enfin, personne ne nie qu'Adolphe, dont le prénom a été rapproché du grec *adelphos* (frère), est un peu le double de Constant. Il suffit de lire le journal : un père absent et qu'on juge secret, le temps qui passe et qu'on ne maîtrise pas, la crainte de manquer sa vocation, une société qu'on fuit et où on voudrait toutefois tenir son rang, l'amour des femmes et la peur des femmes, les liaisons qu'on noue par un extraordinaire besoin d'être aimé et qui deviennent rapidement lassantes[2], les lettres amères et les entre-

---

1. Ellénore pratique plusieurs langues (chap. II) : ce peut être une allusion au cosmopolitisme culturel de Mme de Staël (voir note 1, p. 105 du texte) ; ce peut être aussi un souvenir d'Anna Lindsay, qui était polyglotte.
2. Un seul exemple : Adolphe, souffrant de la tyrannie d'Ellénore, éprouve souvent de l'« impatience », et les propos de Constant, au 1er août 1804 (journal, p. 346), contiennent le même mot, en développant une plainte très proche de celle d'Adolphe (lorsque, au chapitre IV, celui-ci apprend que son père lui accorde un délai de six mois) : « Je suis triste, et je prends ma vie en grande impatience. Est-ce une raison pour vivre d'une manière opposée à mes goûts, à mes intérêts, à mes chances de réputation, à la conservation même de mes facultés physiques, car ma vue s'affaiblit tous les jours. Est-ce une raison que la tristesse d'une personne que je ne rends point heureuse, tout en me sacrifiant pour elle ? »

tiens qui ne mènent à rien, tout cela est dans ce journal, et tout cela est dans *Adolphe*.

N'allons cependant pas au-delà, car, par une comparaison qui semblera peut-être un peu familière, les clés, qui n'ouvrent qu'une porte, n'ouvrent pas la maison. On a trop souvent pensé que Constant avait peur de Mme de Staël, ou qu'il voulait défendre sa vie intime, quand il écrivait dans la préface à la seconde édition qu'il ne fallait pas chercher dans son roman des « allusions », mais la « nature » et l'« observation du cœur humain ». C'était, un siècle avant que Proust signifie à Sainte-Beuve que l'écrivain n'est pas l'homme, renvoyer les amateurs de détails biographiques à ce que Constant nomme, assez vivement, le « commérage »; c'était, en désignant son roman comme un « ouvrage d'imagination », tracer la limite entre le réel et la fiction, et nous inviter à lire le roman dans sa *différence*.

Touchant aux personnages, celle-ci n'est de nos jours plus discutée, ni pour Ellénore, qui a une logique, dans son défi à la société, et dans sa mort, que n'eut aucun de ses modèles de 1806; ni pour Adolphe dont, pour ne prendre qu'un exemple, le père est loin d'être la parfaite réplique de celui de Constant. Quelque troublantes que soient les similitudes (l'éloignement, un dialogue qui ne fonctionne que par lettres, un caractère « contraint », l'opposition à la liaison du fils avec une femme qu'on n'apprécie guère), le père d'Adolphe, relayé par son substitut le baron de T***, est davantage un père romanesque, un père presque trop idéal tant il est raisonnable, et, en tout cas, un père-obstacle comme il s'en voit tant dans les romans sentimentaux de la fin du XVIIIᵉ siècle, où, gardien de la loi morale et de l'institution familiale, il incarne l'« inhibition psychique » et l'« interdit social » du héros[1]. Osera-t-on

1. Jean Starobinski, *Roman et Lumières au XVIIIᵉ siècle*, Éditions Sociales, 1970, cité par Laurent Versini, *Le Roman épistolaire*, P.U.F., 1979, p. 186.

après cela ajouter que Constant passe son temps à aider financièrement son père, alors que, dans le roman, c'est exactement l'inverse ?

En vérité, le vrai modèle d'Adolphe est davantage dans la littérature, dans cette lignée de héros malchanceux qui ne peuvent ou ne savent saisir la main de l'amour. C'est, pour ne citer que des œuvres que Constant a certainement lues, le cas de William, dans *Caliste ou Suite des lettres écrites de Lausanne*, roman mi-narratif mi-épistolaire que Mme de Charrière publie en 1787, ou de Léonce, dans *Delphine* (1802), et de Lord Nelvil, dans *Corinne* (1807), deux romans de Mme de Staël. Ces trois héros sont aimés d'une jeune fille vertueuse (Corinne, notamment, est une poétesse célèbre en Italie, et Caliste, après une jeunesse pauvre où elle fut livrée au vice, a gagné l'estime de l'homme avec qui elle vit); et tous trois, cédant à la pression de la société ou d'un père, épousent d'autres femmes, provoquant la mort d'une maîtresse dont la grandeur d'âme — la « générosité » en langage constantien — tranche avec leur propre faiblesse. « Je ne vous ai pas rendu heureux, et je vous laisse malheureux, et moi je meurs ; cependant je ne puis me résoudre à souhaiter de ne vous avoir pas connu », écrit Caliste dans sa lettre à William qui, de son côté, a ces mots : « Me voici donc seul sur la terre. Ce qui m'aimait n'est plus. J'ai été sans courage pour prévenir cette perte. Je suis sans force pour la supporter[1]. » A comparer cette fin élégiaque à celle d'*Adolphe*, on devine ce que Constant doit à Mme de Charrière, qui est moins une des héroïnes de son roman que le modèle pour tout le roman. On en dira autant de l'influence de Mme de Staël : l'aspect « staëlien » d'Ellénore tient plus à un destin ennobli par la mort qu'à un caractère.

1. Cité, pour la lettre de Caliste, par L. Versini, *op. cit.*, p. 186; et, pour William, par Béatrice Didier, dans la précédente édition d'*Adolphe* au Livre de Poche, 1988, p. 228.

Éloignement du réel, épuration des personnages et imitation d'une tradition qui a fait ses preuves, telles sont en définitive les marques premières d'un récit que son auteur présente non comme un aveu intime, mais comme l'« histoire assez vraie de la misère du cœur humain ». Dans les *Réflexions sur la tragédie*, il dira en 1829 que l'écrivain met l'homme « dans des situations où il n'est pas », tout en veillant à ce que « ces situations tiennent par quelque côté à celles où il peut se trouver[1] ». N'est-ce pas cette même *vraisemblance*, héritée du XVIIe siècle, qui fonde dès 1806 la fiction dans *Adolphe* ?

On le vérifie d'une autre façon, par les termes qui, dans la préface à la seconde et à la troisième édition, ou dans l'« Avis » de l'éditeur, définissent l'œuvre. Si « roman » ou « histoire », dénominations canoniques depuis longtemps, se passent de commentaires[2], « anecdote » et « tableau » méritent attention. « Anecdote », encore inscrit dans le sous-titre, est utilisé cinq fois et l'emporte sur « roman » (trois occurrences) ; très usité au XVIIIe siècle où, souvent synonyme de « roman » ou d'« histoire[3] », il raconte les aventures galantes de grands personnages[4] ; il désigne plus généralement un récit court, avec un sujet inédit, voire pittoresque, mais toujours parlant. « Tableau », dérivé de la peinture, s'applique à la

1. *Œuvres*, op. cit., p. 945.
2. Encore que « histoire », par ses rapports avec le récit de l'Histoire proprement dite, insiste plus fortement que « roman » sur l'aspect chronologique de la narration, ainsi que sur les rapports avec le réel. Il est également fréquent qu'une « histoire » soit un récit plus court que le roman.
3. On parle alors souvent d'« histoire anecdote », expression où « anecdote » est adjectif. A signaler que l'éditeur d'*Adolphe* emploie une tournure similaire, quand il dit : « l'anecdote ou l'histoire qu'on va lire [...] ».
4. Ce en quoi l'anecdote est très proche du sens premier du mot (du grec *anecdoton*, « inédit »), qui est « particularité historique ».

représentation animée, organisée et vraisemblable d'un événement digne d'être peint par le discours. Le mot est également fréquent au XVIIIᵉ siècle, où Prévost, par exemple, l'emploie pour *Manon Lescaut*. Mais c'est Rousseau qui, dans *La Nouvelle Héloïse*, en résume le mieux une finalité qui sera aussi celle de Constant : dans le « Tableau d'imagination, toute figure humaine doit avoir les traits communs à l'homme, ou le Tableau ne vaut rien[1] ».

« Anecdote » et « tableau » impliquent également une économie narrative spécifique. Du moins aux yeux de Constant, pour qui le tableau, proche en cela de son origine picturale, n'est pas la fresque et restreint son espace textuel. La même remarque valant pour l'anecdote. Mais là, l'écrivain disposait de nombreux modèles, grâce à ce genre de nouvelle, dite « nouvelle-anecdote[2] », qui connaît vers la fin du XVIIIᵉ siècle, avec Cazotte (*Le Diable amoureux*, 1772), Florian (*Nouvelles Nouvelles*, 1792), ou Sade (*Les Crimes de l'amour*, 1800), un regain de vigueur qu'explique, après une longue période de confrontation avec le roman, un profond remaniement du fond et de la forme. La nouvelle se resserre alors autour d'un sujet unique, traité linéairement, sans rupture chronologique; abandonnant le spectaculaire ou l'invraisemblable, elle fait moins appel au hasard et tend à un effet de réel plus grand; elle opte enfin pour un style dense d'autant plus justifié que le texte se réduit.

Tous éléments également perceptibles dans *Adolphe*, qui dévoile ainsi une de ses deux grandes particularités (l'autre relevant du théâtre). En effet, Constant nomme son livre « petit ouvrage » (pré-

1. *Œuvres complètes*, édition publiée sous la direction de Bernard Gagnebin et Marcel Raymond, Gallimard, « Bibliothèque de la Pléiade », 1961, t II, p. 11.
2. L'expression est de René Godenne, dans *La Nouvelle française*, Paris, P.U.F., 1974, p. 42.

face), terme annonçant plus la taille de la nouvelle que celle du roman ; renonçant à placer à côté de l'héroïne une autre femme, il a limité son sujet au seul drame d'Ellénore. Celui-ci, introduit par le rappel de la vie d'Adolphe (chapitre I), et par la séduction d'Ellénore (chapitres II et III), est noué dès le chapitre IV, où il est expliqué par le soudain revirement du héros, qui n'aime plus Ellénore. Dans les chapitres suivants, il avance logiquement, en se heurtant chaque fois à ces obstacles précis que sont le comte de P*** et le père d'Adolphe, seuls personnages secondaires qui, symbolisant la société, aient quelque importance, puisque les autres, anonymes, sont des figurants (« un jeune homme », « deux parentes »). Rien de trop, aucun pittoresque dans ce texte où l'on marche droit vers le dénouement, en allant d'Allemagne en Bohême, puis en Pologne. Ce trajet est assez long, il eût appelé dans un roman des pauses descriptives. Nous n'en avons guère ici, où la description de lieu est remplacée par des toponymes (Göttingen, Caden, Bohême, Pologne).

La concision de la nouvelle n'est pas moins visible dans le rythme de la narration, qui procède selon deux mouvements. Le premier, utilisé notamment aux chapitres II et III (séduction d'Ellénore), ou au chapitre V (le départ en exil), peint en détail l'état d'âme du héros, rapporte ses propos en style direct et reproduit éventuellement une de ses lettres, ou un dialogue avec Ellénore. Ici, bien que limité en principe à une soirée ou à un jour, le temps s'étire et se creuse. Ailleurs, guidé par un second mouvement narratif, il précipite sa course, et Constant recourt tantôt à une formulation contractée du type :

> Je m'expliquai vivement avec Ellénore : un mot fit disparaître cette tourbe d'adorateurs qu'elle n'avait appelés que pour me faire craindre sa perte (chap. VIII) ;

tantôt à la technique du sommaire, qui résume toute une série d'événements ou de pensées survenus pendant une durée plus vaste, comme au chapitre VI où, après l'annonce de l'arrivée en Bohême, Adolphe raconte ce qui s'est passé pendant cinq mois. Ainsi, l'action du roman, *a priori* étalée sur quatre ans (deux pour les chapitres II à V, et deux encore pour les chapitres VI à X), ne tient en réalité qu'en quelques moments forts séparés par des zones de basse tension, et c'est cette concentration qui explique l'impression de dépouillement qu'on a en lisant *Adolphe*. Même certaines formules qu'on attribuerait à première vue au style du moraliste, ou certaines antithèses (Adolphe disant qu'Ellénore n'est plus « prudente » mais « frivole »), voire l'utilisation du style indirect libre, qui permet de rapporter des propos en n'en gardant que l'essentiel, relèvent de la stratégie du raccourci. Une pareille sécheresse a paru moderne ; elle est d'abord celle d'un genre réactivé à la fin du XVIIIe siècle. Mais c'est précisément parce qu'il est de son temps qu'*Adolphe* parle encore au nôtre, étant de ces textes que leur simplicité ouvre à une réactualisation permanente.

3. « Ce qui n'était pas possible »

Ellénore mourante dit que, en s'obstinant à aimer Adolphe, elle a voulu l'impossible et qu'elle meurt de ne pas l'avoir obtenu. Cet aveu est tragique, il écrit sur le front d'Adolphe le mot « destin » et nous invite à découvrir dans le roman une sorte de tragédie, lecture que justifie déjà l'attention passionnée de Constant pour le théâtre. Son journal fournit de précieux renseignements sur une vaste culture qui, peut-être éveillée lors de sa liaison avec Mme de Charrière[1], englobe les anciens (Eschyle, Euripide,

---

1. Auteur d'un certain nombre de pièces, dont une tragédie, *Les Phéniciennes* (1788), et une comédie, *L'Émigré* (1793).

Sophocle, Térence), les auteurs du XVIIe et du XVIIIe siècle (Voltaire), et le théâtre allemand (Schiller, Lessing). Dans les seules années 1804-1806, Constant voit jouer du Voltaire (*Mahomet, Zaïre, Olympie*), du Racine (*Phèdre, Andromaque*), du Térence (*Les Frères*), ou des pièces aujourd'hui oubliées, comme *Le Couronnement de Cyrus* (1804), de Marie-Joseph Chénier, *Les Templiers*, de Raynouard (1805), *La Mort de Henri IV*, de Légouvé (1806), *Joseph en Égypte*, de Baour-Lormian (1806). Il est également acteur puisqu'on joue soit du Racine à Coppet, où l'hôtesse, qui s'y entend en amour violent, prend le rôle de Phèdre, soit des créations, telle cette *Agar dans le désert*, composée et mise en scène par Mme de Staël pour l'édification de ses enfants.

Au centre de cet intérêt, il y a deux grandes admirations : celle pour l'actrice Julie Talma (1756-1805), rencontrée en 1798 et dont l'interprétation lui paraît toujours sublime; et celle pour Racine, « le plus grand peut-être, le seul poète français », dont il cite notamment *Athalie*, que la critique du despotisme clérical, qu'on a cru y découvrir, a remise au goût du jour. Il lui arrive même d'écrire en alexandrins lorsqu'il est ému. En témoigne ce « Tout me semble précaire et prêt à m'échapper », qui conclut une évocation de Mme de Charrière (journal, p. 352).

Voilà le contexte dans lequel s'élabore *Adolphe*, où nombre des propos du héros ou d'Ellénore ont quelque chose de racinien par le vocabulaire ou le rythme. Cette double parenté, déjà décelable dans les monologues d'un Adolphe lui aussi quelquefois tenté par l'alexandrin — « Ellénore chassée! [m'écriai-je] chassée avec opprobre! [...] elle dont j'ai vu sans pitié couler les larmes » (chap. V) —, l'est encore davantage dans les dialogues. Ceux-ci frappent par les effets propres au dialogue théâtral[1], notamment

1. La démonstration qui suit s'inspire de Pierre Larthomas, *Le Langage dramatique*, P.U.F., nouvelle édition, 1980, p. 256 *et sq.*

25

l'unité de ton, et la densité des répliques à la fois courtes et pleines de sens, comme dans cette scène du chapitre IV, où Adolphe informe Ellénore que son père lui a accordé un délai de six mois :

Je reste encore six mois, lui dis-je.
— Vous m'annoncez cette nouvelle bien sèchement.
— C'est que je crains, beaucoup, je l'avoue, les conséquences de ce retard pour l'un et pour l'autre.
— Il me semble que pour vous du moins elles ne sauraient être bien fâcheuses.
— Vous savez fort bien, Ellénore, que ce n'est jamais de moi que je m'occupe le plus.
— Ce n'est guère non plus du bonheur des autres.

Autre particularité, l'enchaînement du dialogue, soit d'une proposition à l'autre, du type :

Puis-je l'être si vous êtes malheureuse?
— Je ne serai pas longtemps malheureuse, vous n'aurez pas longtemps à me plaindre (chap. X);

soit par la reprise de mots, dans :

Mais considérez...
— Tout est considéré [...] (chap. IV).

Tragique par sa forme, le dialogue de Constant l'est aussi par son contenu. Le dialogue de la tragédie est un dialogue de rupture; il oppose, à travers deux êtres, deux forces antagonistes. De même dans *Adolphe* où, sur les six vrais dialogues, soit ceux qui contiennent au moins une réplique en style direct pour chaque interlocuteur, quatre sont, selon un mot d'Adolphe, absolument « irréparables » en exprimant l'échec de l'amour : directement, quand le héros dit à Ellénore qu'il ne l'aime plus (chap. VI), ou lui reproche de mêler des tiers à leur débat (chap. VIII); indirectement, par la mention d'un événement défavorable, dans le départ d'Adolphe (chap. IV), ou le refus d'Ellénore d'aller en Pologne (chap. VI). En ajoutant à cela les dialogues abrégés, où un personnage seulement parle en style direct, la réplique de l'autre étant résumée en indirect libre, on constate que, sauf pour l'entretien du chapitre III (aveux d'Adolphe), ils sont tous conflictuels. L'exemple type étant celui du chapitre IV, où Adolphe fait une réponse fausse à Ellénore qui l'informe de sa rupture avec le comte de P***. Que dire enfin de ces scènes où les amants s'affrontent dans la « fureur » ? L'une d'elles (chap. V), qui dure trois heures, n'est traitée qu'en quelques lignes. Elle ne laisse pourtant pas d'accentuer encore le malaise.

Une cassure identique se lit dans les monologues d'Adolphe. Souvent introduits par un spectaculaire « m'écriai-je », placés comme au théâtre à un moment où, l'action ayant atteint un palier significatif, le héros dresse le bilan de sa conduite, ils ne sont qu'une fois favorables à Ellénore, quand celle-ci est chassée par le père (chap. V). Ailleurs, Adolphe se plaint de devoir rester à D*** à cause d'elle (chap. IV), ou rêve d'une compagne socialement plus acceptable (chap. VII), ou prend l'engagement de rompre (chap. IX).

Il n'y a pas de discours heureux dans *Adolphe*. L'unique exception à cette règle est au chapitre V, lorsque Adolphe, frappé de l'isolement d'Ellénore dans la société, dit : « Vivons l'un pour l'autre [...] ». Mais ces paroles sont à l'irréel du passé (« J'aurais dû la consoler »); elles n'existent pas vraiment. La mort seule établit un dialogue authentique, au chapitre X. C'est le plus long du roman, il est apaisé et réconcilie les amants. Il est toutefois trop tard. « Ne parlons plus de l'avenir », dit Ellénore qui s'en ira peu après sous le regard d'Adolphe.

La tragédie qui exige la mort n'est néanmoins pas achevée. Adolphe survivra pour montrer quel destin a présidé à son malheur. Ce destin semble d'abord être celui d'un langage qui, constamment « embarrassé » chez Adolphe, fait que celui-ci ne dit jamais ce qu'il pense, soit que les mots dépassent sa pensée, soit qu'ils la déguisent. On peut voir à l'origine de ce malheur la « timidité » dont le héros dit qu'elle est dans sa nature profonde, et qui serait presque une qualité s'il trouvait ce langage muet où, selon l'éthique de Rousseau qui affleure par moments dans le roman, les mots sont remplacés par les élans du cœur[1]; on peut aussi en chercher la source dans une de ses observations du chapitre II, où il constate que la psychologie humaine est trop complexe et trop mouvante pour être décrite par les mots. De ces deux explications, la seconde est la plus troublante pour le lecteur moderne, que hante l'inquiétude au sujet des pouvoirs du langage. Mais comme elle n'apparaît qu'une fois, et que la première ne justifie pas le discours mensonger que tient constamment le héros à Ellénore, le problème du langage n'est dans *Adolphe* qu'une fatalité extérieure.

Plus profonde est celle qui réside dans l'amour sans frein d'Ellénore. Avec cette héroïne, Constant analyse en 1806 cette passion dont il dira en 1829 qu'elle est une des trois grandes « bases » de la tragédie (les deux autres étant le développement des caractères et l'opposition entre le héros et le groupe social)[2]. De ce point de vue, qui n'en exclut pas un autre, comme on le verra plus loin, le caractère timoré, le malaise et les silences d'Adolphe ne sont pas mineurs; mais ils importent moins que la violence malheureuse de sa maîtresse qui croit être aimée et comprend qu'elle ne l'est pas. La découverte a lieu dès le chapitre IV où, sans qu'on nous dise vraiment pourquoi, Adolphe se déprend d'elle[3], phé-

1. « La faiblesse du langage prouve la force du sentiment », *La Nouvelle Héloïse, op. cit.*, p. 15.
2. *Œuvres, Réflexions sur la tragédie, op. cit.*, p. 936.
3. Cette indifférence a naturellement fait l'objet d'interprétations diverses. Pour H. Verhoeff, qui propose une approche psychanalytique, elle s'explique par l'absence de liens affectifs avec le père, dont le fils voudrait imiter la froideur, froideur qui irait jusqu'à l'agressivité, et à la négation de l'individualité d'Ellénore

nomène qui, pour Ellénore, ressemble fort à la fameuse « reconnaissance » de la tragédie, où le héros passe brusquement de l'illusion à la réalité. Malgré cela, Ellénore, qui a par moments la fureur de Phèdre, prétend s'attacher Adolphe. Aveuglée par l'amour, elle lutte contre l'inexorable; elle rompt avec le comte de P***, abandonne ses enfants, refuse de voir son père mourant et entame une fuite en avant qui la ramène dans cette Pologne où elle avait été malheureuse et où elle revient pour mourir.

Ainsi se traduit, en termes d'espace, le cycle du héros tragique prédestiné à la mort; ainsi s'explique également, de la part de Constant, le choix de la Pologne. Ce choix est à première vue curieux. Attribué souvent à une source littéraire [1], exprimant certainement la sympathie de Constant, inscrite dans son journal peu avant la rédaction d'*Adolphe*, pour un pays que la révolte de Kosciusko contre les Russes (1794) a rendu célèbre en France [2], il est surtout fondé sur une *image* qui, en contraste avec l'Allemagne protestante, policée et tout imprégnée des mœurs de cour, évoque une nation des marches de l'Est, slave par la race, latine par la religion, fière

(*Adolphe et Constant, une lecture psychocritique*, Klincksieck, 1976, pp. 39-40 et 47).

1. Constant se serait inspiré des *Amours du chevalier de Faublas* (1787-1790), de Jean-Baptiste Louvet de Couvray (1760-1797), série de trois romans libertins, où une Eléonore de Lignolles, maîtresse de Faublas, est peinte sous les traits d'une femme despotique. Il y a aussi dans ces romans la présence d'une Polonaise, dont le père est proscrit, avant d'être réhabilité dans son pays.

2. Le 10 juillet 1804, il évoque l'esprit « aventurier » des Polonais, « qui empêche que leur nom et leurs richesses » soient considérés, tout en saluant leur « amour de la liberté, toujours malheureux, mais que rien ne décourage et ne peut détruire », p. 335. Rappelons aussi que des Polonais emmenés par Dombrowski (1755-1818), combattent avec Napoléon qui restaure en 1807 partiellement l'indépendance de leur pays en fondant le Grand-Duché de Varsovie.

et impétueuse. Il y a dans *Adolphe* tout un monde, un monde un peu barbare, derrière ces allusions aux luttes intestines de la Pologne, ou derrière la vision d'une Ellénore entourée dans son manoir de ses « vassaux » (chap. VIII).

Si tout est excessif chez Ellénore, tout est faiblesse chez Adolphe condamné à la suivre. Adolphe craignait le « général », le « public » et la « sphère commune », mots exprimant sa phobie de l'anonymat et de la société ; il désirait entrer, en bon émule de Rousseau, dans le cercle étroit de deux cœurs qui se comprennent sans user du langage du « monde », autre mot récurrent chez lui. Il y pénétrera effectivement, mais pour y être un prisonnier de plus en plus lié, car, à mesure qu'Ellénore se déplace vers l'Est sauvage, elle réduit le cercle. A D***, Adolphe est encore chez lui ; à Caden, en Bohême, il ne l'est déjà plus et est, comme Ellénore, un errant, un *bohémien* ; en Pologne, il est, en même temps que l'étranger complet, le parfait emmuré. La tragédie a son lieu unique, d'où l'on ne sort, réellement, que pour mourir, ou, en imagination, pour trouver son salut dans un espace non tragique. *Adolphe*, dont le héros rêve un moment qu'il s'échappe dans la vie normale — l'évocation d'une « compagne » acceptable par son père, au chapitre VII, significativement associée à la description du château des ancêtres, n'a pas d'autre fonction —, a ce lieu clos, reconstruit à l'identique lors de chaque déplacement d'Ellénore.

Rien ne change jamais en Ellénore qui veut l'« amour » là où il n'y a que « pitié » ; mais une souffrance sans cesse renouvelée apparaît chez Adolphe qui, las d'Ellénore et pourtant incapable de la quitter, est encore plus contradictoire dans ses rapports avec la société. On peut même dire que sa démarche velléitaire, souvent reliée à une psychologie instable, ou à une « mauvaise foi » très sartrienne, s'explique par cette souffrance qui introduit un autre type de fatalité dans l'œuvre. Par une prémonition remarquable, si on songe au développement de ce motif dans la littérature contemporaine[1], Constant voit, en 1829, dans la pression sociale le ressort majeur du tragique moderne, où le héros est contraint dans son existence par un « ensemble de circonstances, de lois, d'institutions, de relations publiques et privées » qu'il n'a pas voulues et auxquelles il devra, dans la douleur, se plier après un affrontement sans espoir[2].

Dans *Adolphe*, la tyrannie de la société n'est que trop décrite. Et moins dans les préfaces ou dans la postface, qui ne font qu'éclairer l'évidence, que dans le texte même. Ellénore en est victime, lorsque, étouffant en elle l'instinct de liberté qu'elle a apporté de Pologne, elle se compose ce personnage si convenable que nous peint le chapitre II, et dont la liaison avec le comte de P***, qui ne saurait en aucun cas l'épouser à cause de ses antécédents, est « tolérée », ou, mieux encore, « consacrée ». Mais que vienne Adolphe, et le silence sur « dix années de dévouement et de constance » fait aussitôt place à l'ostracisme. Plus douloureuse encore est la situation d'Adolphe. Sa naissance dans une grande famille, sa fortune et son intelligence le destinent à faire « carrière » dans les armes, la diplomatie ou les lettres. Quelque mépris qu'il ait pour les « préjugés » de sa caste, mépris affiché avec hauteur dans le chapitre I qui réduit le groupe social à un amas de sots, le terme « carrière » revient souvent dans sa bouche. Il l'obsède et lui donne des remords; il incarne ce parcours honorable qu'Ellénore lui interdit. On découvre, là encore, le symbolisme spatial de l'Est et de l'Ouest, car la « carrière » est à l'Ouest, tandis que

1. C'est à des auteurs comme Kafka (*Le Procès*), ou Ionesco (*Victimes du devoir, Amédée ou Comment s'en débarrasser*), qu'on attribue souvent l'invention du nouveau tragique, où le héros est coupable de vouloir se dresser contre la tyrannie — anonyme, omniprésente — de la collectivité.
2. *Œuvres, Réflexions sur la tragédie, op. cit.*, p. 944.

l'Est se confond avec le « coin » sans air d'Ellénore. Le mot est du baron de T*** ; il aurait pu être dit par Adolphe qui, monologuant au chapitre VII sur son exil, n'est jamais insensible à la voix de la société et en débat par lettre avec son père.

La lettre est en effet le canal par lequel Adolphe reçoit la souffrance du héros asocial. Et celui qui inflige cette souffrance est le père. On a souvent remarqué qu'on correspond beaucoup dans *Adolphe* où il y a vingt-trois lettres. Mais a-t-on remarqué que, sur ces lettres, quatre seulement sont reproduites (contre douze résumées et sept mentionnées), et que, sur ces quatre, deux sont du père ? Ces deux lettres n'arrivent pas au hasard ; elles sont écrites quand Adolphe franchit une limite géographique — Bohême, Pologne — qui est aussi une barrière morale. Lettres de la patrie (pays du père) pour un apatride et un mauvais fils, elles définissent la transgression et offrent aussitôt le moyen de l'annuler, puisque, dans la première, le père propose de répandre le bruit qu'Adolphe est parti par son ordre remplir quelque mission, et que, dans la seconde, il lui conseille d'aller voir le baron de T***. Tout, d'ailleurs, dépend de ce père qui ne parle pourtant de vive voix avec son fils qu'une fois, au chapitre V, quand il annonce qu'il va chasser Ellénore. Toujours au loin mais toujours aux côtés d'Adolphe, il rédige encore deux lettres résumées et plusieurs mentionnées ; il est le maître de l'emploi du temps du fils, le somme de revenir, lui accorde un délai de six mois, puis le rappelle à l'ordre par le truchement du baron de T***, son porte-parole et espion, qui est deux fois « ministre », en tant qu'envoyé diplomatique, et en tant que serviteur (sens premier du mot) du père. Le père est la mauvaise conscience d'Adolphe, terme qui implique que le fils ne demeure pas sourd. Et Adolphe, qui dialogue si peu avec Ellénore, parle avec son père et l'écoute. Il l'informe de ses départs, lui confesse à demi-mot, sur les « frontières » (chap. VI) — alors qu'il n'a pas encore pénétré en Bohême — son insatisfaction (dont le père s'empresse de tirer parti), et, au fond, négocie constamment avec lui.

Tragique pour vouloir rompre avec une société qu'il juge « factice » et contraire à son aspiration au bonheur, Adolphe l'est aussi par un sentiment de culpabilité qui ne le quitte jamais. Dans le processus de la transgression, la culpabilité peut être passagère et s'éteindre quand le sujet a définitivement violé la loi (Don Juan est heureux quand il a tué le Commandeur). Rien de tel chez Adolphe qui, ni dans la « carrière » ni dans le cercle d'Ellénore, est un héros triste, un être de l'entre-deux. Il n'a d'ailleurs qu'une responsabilité limitée dans la fin d'Ellénore, où le rôle dominant revient au baron de T*** qui, ayant reçu de lui une lettre annonçant une fois de plus qu'il va la quitter, la communique à la jeune femme et provoque directement sa mort. C'est donc sur Ellénore que s'abat le bras de la société. Mais, en un sens, Adolphe meurt également, car la disparition de sa maîtresse ne le réconcilie pas avec le monde. Il continue d'être un « étranger » ; il n'a pas plus de but qu'avant ; il séjourne en Italie sans motif précis, indifférent aux gens comme aux sites. L'éditeur l'a vu ainsi ; et Constant l'a représenté ainsi, dans une « position sans ressource » (préface à la seconde édition). C'est, encore une fois, le lot de tout héros tragique, à cette différence près que la transcendance qui impose au héros sa loi n'est plus de l'univers des dieux ou de celui de la fatalité passionnelle, mais du monde, très concret, des autres hommes.

4. « *Mémoire du cœur* »

Œuvre hybride où la brièveté de la nouvelle accentue la violence du drame, *Adolphe* n'est au fond pas un vrai roman. Il commence pourtant de manière très « romanesque », par le mot de l'éditeur. Celui-ci a trouvé sur un chemin, par hasard, une cassette avec les papiers — lettres, portrait de femme, cahier — d'un inconnu rencontré dans une auberge d'Italie ; il a ensuite conservé la cassette dix ans, et enfin, après avoir montré le cahier à un Allemand connaissant, autre coïncidence, le mystérieux inconnu, a reçu de cette personne une lettre, et s'est alors décidé à publier, sans rien y changer, le cahier accompagné de cette lettre...

On le devine, l'éditeur n'est qu'un avatar de ce personnage providentiel auquel le roman épistolaire du xviiie siècle, notamment, a souvent recours. Masque de l'écrivain qui fait paraître des lettres en les traduisant (Montesquieu, dans les *Lettres persanes*), en les laissant telles quelles (Rousseau, dans *La Nouvelle Héloïse*), ou encore en les mettant en ordre (Laclos, dans *Les Liaisons dangereuses*), l'éditeur est à la fois l'exécuteur testamentaire des rédacteurs de lettres, le protecteur de l'auteur qu'il met éventuellement à l'abri de la censure, et le garant de l'authenticité d'un texte que le public ne demande qu'à croire vrai. La vogue de l'éditeur ne s'éteint d'ailleurs pas avec le xviiie siècle. Stendhal prétendra encore en 1827 qu'*Armance* a pour auteur réel une femme dont il se borne à corriger le style, et, en plein xxe siècle, Georges Bataille niera avoir écrit une partie de *La Haine de la Poésie*, attribuée à un « prélat de [ses] amis[1] ».

En 1816, aucun lecteur d'*Adolphe* n'est sans doute dupe d'un procédé dont la préface à la seconde édition — parue, rappelons-le, la même année que celles de Londres et de Paris — avoue la supercherie en définissant le roman comme une œuvre de pure imagination. Ce qui est assez remarquable pour l'époque, où nombre d'écrivains tiennent à faire pas-

1. *La Haine de la poésie*, Paris, Éditions de Minuit, 1947, p. 59.

ser pour réels des faits qu'ils ont inventés. La préface ne supprime d'ailleurs pas le rôle narratif de l'éditeur. L'« Avis » conserve sa valeur proleptique en indiquant d'avance comment l'histoire d'Adolphe s'est achevée. Le lecteur sait donc que l'homme qu'il va entendre est un être usé, revenu de tout et tenté par la mort. Narrateur prophétique, l'éditeur est en outre le censeur des *ultima verba* d'un livre où sa « Réponse », prenant le parti d'Ellénore, corrige sur bien des points l'autoportrait d'Adolphe. Ce n'est pas un simple artifice de la part de Constant. Laissant le mot de la fin à l'éditeur, il introduit dans l'œuvre cette dualité du point de vue qui, relativisant l'image du héros, contribue aussi à l'enrichir.

Rien n'interdit au demeurant de lire en même temps l'« Avis » et la « Réponse ». On ne sera que plus frappé du ton amer du récit d'Adolphe qui, revivant son départ pour la Pologne avec Ellénore, écrit que la « mémoire du cœur », souvenir mélancolique du fugace bonheur éprouvé au commencement de leur liaison, leur permit de jouir d'un moment de sérénité avant la disparition de sa maîtresse. Cette mémoire marquée par le regret et la mort, qui éclaire vraisemblablement la signification du prénom d'Ellénore [1], ne concerne pas seulement tel ou tel épisode, elle rayonne sur tout le texte d'Adolphe.

1. On a souvent rattaché ce nom à *Lenore*, célèbre ballade d'Auguste Bürger (1796), que Constant, qui connaissait l'allemand, a peut-être lue dans le texte. Elle parle d'une jeune fille qui a maudit Dieu en apprenant que son amant était mort à la guerre. L'amant, revenu des morts, l'entraîne sur son cheval dans une course hallucinée qui finit devant la tombe, où Lénore s'aperçoit que celui qu'elle croyait vivant n'est qu'un squelette. Lénore symbolise à la fois le drame de la mort et celui de la fidélité d'une femme. J.-H. Bornecque, pour sa part, dit que les élégies de Parny, alors très à la mode, mentionnent une Éléonore, et que l'Ellénore de Constant est une contamination entre cette Éléonore et la Lénore de Bürger. Enfin J.-H. Bornecque rappelle que Constant nomme Charlotte de Hardenberg « Linette » ou « Linon » (édition citée, p. LXXIV).

Peut-être parce qu'elle est d'abord celle d'un seul cœur, dont la voix nous prend à ses accents dès le début, pour ne nous quitter qu'avec une lettre d'Ellénore. On pourrait alors croire qu'Adolphe s'est effacé. Ce n'est pas exact : il ne cite que des extraits de la lettre, et, d'une certaine façon, c'est encore lui qui est là.

Adolphe est un témoignage univoque où rien n'existe en dehors du narrateur. Celui-ci nous interpelle dès le chapitre I où il nous raconte en détail sa jeunesse ; puis il convoque Ellénore, que nous ne verrons et ne connaîtrons jamais sans lui. Le passé malheureux de la jeune femme, son intelligence jugée moyenne, son comportement ambigu en société, son portrait physique à peine esquissé (cette « beauté » que les ans n'ont pas flétrie), sa souffrance morale, traduite de préférence par les troubles du visage, tout est filtré par le regard d'Adolphe. Et par sa voix, qui couvre celle d'Ellénore dont les propos, rares, sont le plus souvent rapportés en style indirect. Il ne faut pas oublier qu'avant de rédiger *Adolphe*, Constant a pris l'habitude de tenir un journal, et qu'il y a quelque chose de cette écriture intimiste, tout entière axée sur l'exploration de la personnalité secrète[1], dans son roman où, se donnant le premier rôle et se dévoilant devant nous, le héros éprouve en somme un réel plaisir à parler. La discrétion d'Ellénore n'est pas moins perceptible dans ses lettres. Elle en écrit sept, autant qu'Adolphe, mais celui-ci n'en reproduit qu'une, les autres étant soit brièvement résumées dans trois cas, soit simplement mentionnées dans les trois autres. En revanche, Adolphe n'a

1. Le 18 décembre 1804, il écrit ceci, qui définit fort bien la fonction de confident du journal intime : « Ce journal, cette espèce de secret ignoré de tout le monde, cet auditeur si discret que je suis sûr de retrouver tous les soirs, est devenu pour moi une sensation dont j'ai une sorte de besoin [...] », *Œuvres, op. cit.*, p. 428.

garde de reproduire la longue lettre du chapitre III, où il se plaint de sa solitude; et le résumé (cinq cas) l'emporte chez lui sur la mention (un cas). De plus, il est le personnage qui reçoit le plus de lettres, si bien qu'il est au centre du réseau épistolaire du récit, où onze des vingt-trois lettres sont pour lui, alors qu'Ellénore n'en reçoit que sept.

Pourtant, si Adolphe parle beaucoup de lui et s'il est beaucoup question de lui dans les lettres, il n'est plus au centre de la scène quand il écrit. La scène est vide, ou n'est hantée que par le fantôme d'Ellénore. Adolphe avait vingt-deux ans lorsqu'il a connu Ellénore, et vingt-six à sa mort. Mais il compose son histoire à une époque dont nombre de phrases au présent de l'écriture, qui suggèrent tantôt la vieillesse (« Tel est même à présent l'effet de cette disposition d'âme [...] »), tantôt la culpabilité rétrospective (« La pauvre Ellénore, je l'écris dans ce moment avec un sentiment de remords [...] »), insistent sur le recul temporel. Les années ont fait leur œuvre; elles ont décanté l'événement pour lui donner la concentration d'une « anecdote ». Adolphe n'est plus le même. Moins acteur que narrateur ou, mieux, *récitant* d'un drame qui n'est plus que souvenir, il contemple ce drame de loin et de haut.

Hauteur de vue qui vaut d'abord soi. La lucidité du héros constantien est à juste titre réputée, mais elle n'est si efficace que parce qu'elle opère à distance. De là le double niveau d'une analyse où le présent de l'écriture éclaire le passé, et où le premier Adolphe comparaît devant le second qui a eu le loisir de réfléchir. L'atteste, par exemple, l'épisode qui suit la rupture d'Ellénore avec le comte de P***. On y voit Ellénore calomniée par le clan du comte, courtisée par des hommes indignes et montrée du doigt par tous. Face à cette catastrophe, le premier Adolphe se tait, et le deuxième s'accuse. Il aurait dû serrer Ellénore dans ses bras; il aurait dû l'emmener dans un lieu où ils eussent été seuls; il ne l'a pas fait, par manque d'amour; il ne l'a que tenté... Puis, autre particularité du retour sur soi chez Constant, une leçon plus générale, formulée dans un présent qui n'est plus celui de l'écriture, apparaît : « Mais que peut, pour ranimer un sentiment qui s'éteint, une résolution prise par devoir? »

Coupable, et pourtant pas obsédée par la faute au point d'oublier le lecteur, la mémoire du héros est en effet prévoyante et interroge la scène du monde. Le décalage temporel entre l'événement et sa description explique, là encore, cette ouverture qui semble paradoxale quand on pense que Constant dit dans la seconde préface qu'il a voulu faire une histoire en huis clos, un roman maigre, « dont les personnages se réduiraient à deux ». Le malheur d'Adolphe est cependant si grand qu'il ne peut qu'être exemplaire et que l'auto-analyse, passant du « je » au « nous », débouche naturellement sur l'étude de tout le cœur humain. C'est Adolphe et nous qui sommes des « créatures tellement mobiles » que nous nous forgeons dans l'amour une seconde nature inclinant à croire que les sentiments feints sont authentiques; c'est encore lui et nous qui parlons non pour nous confier, mais parce que le silence nous est intolérable.

Vanité du babil, tragédie de l'homme : avec cette critique du langage, Adolphe n'est pas seulement le psychologue du silence; il est le moraliste d'une lignée où La Bruyère, La Rochefoucauld et Pascal, dont l'influence se lit souvent dans le texte, rejoignent Racine, tout autant audible dans ses coulisses. Avant que d'être un des premiers grands romanciers du XIXᵉ siècle, Constant est le dernier des classiques. Il l'est par le style, où la sèche langue de la nouvelle recourt avec bonheur aux mots abstraits, à peine animés par l'épithète, de la tragédie racinienne; il l'est par la portée éthique d'une œuvre où, à l'horizon d'Adolphe, surgit constamment l'espèce humaine, « telle que l'intérêt, l'affectation, la vanité, la peur nous l'ont faite » (chap. I). Ce pessimisme, exprimé volontiers dans la maxime, et au besoin appuyé sur une solide étude de milieu — dont la satire des notables de D***, au chapitre II, est une des meilleures illustrations —, n'est pas de l'époque des Lumières ; il remonte bien avant et trouve ses racines dans l'humanisme des anciens adapté par les écrivains du siècle de Louis XIV.

Il s'en faut cependant de beaucoup que l'éthique de Constant soit archaïque, parce qu'elle reflète suggestivement l'agitation d'un temps où la sensibilité de la fin du XVIIIe siècle, elle-même opposée à l'idéologie des libertins, s'efface devant le préromantisme. *Adolphe*, c'est donc Rousseau contre Laclos, et Rousseau dépassé par Chateaubriand, double débat que Constant, au moment où il écrit, ne pouvait éviter. Ni son personnage, qui porte en lui les deux confrontations.

Élève de Laclos par imitation d'un père qui tient sur l'amour des propos assez lestes, Adolphe désire conquérir une femme pour la seule gloire de la séduction. Frère de Rousseau par son caractère timide et peu communicatif, il fuit une société qui blesse son besoin de tendresse. Tel est du moins l'Adolphe débutant, qui veut à la fois dompter Ellénore et poser la tête sur ses genoux. Cette dualité n'est pas vivable, et le héros pris au piège de l'amour puis de la compassion est plus uni. Quittant Valmont, dont il n'a ni l'esprit de calcul ni l'érotisme — ce dernier pratiquement absent chez lui qui ne mentionne que le « plaisir », jamais le corps —, il est plus proche de Saint-Preux en condamnant la « fatuité », mélange de sottise et d'égoïsme, dans quoi le Constant de la préface et des *Réflexions sur la tragédie* voit le péché capital du mouvement libertin, sinon de tout le siècle de Voltaire[1].

---

1. « Qui, enfin, admire encore dans le *comte de Valmont* le triomphateur d'un cœur crédule, et le héros barbare de la fatuité ? », *Œuvres, op. cit.*, p. 939. Voir, aussi, *ibid.*, p. 412, la note

A Rousseau encore, Adolphe doit l'horreur du « dénaturé », et son contraire, le mythe de la bonne nature. Constant, en ce domaine très éloigné des écrivains de son temps, n'est certes pas un amateur de paysages. On peut même dire qu'il ne les voit littéralement pas. Ou, s'il les voit, ce qui est rarissime, il se contente de notations conventionnelles (un bois, une rivière, des champs, une colline). Mais il est, souvent d'un seul mot, le peintre des paysages intérieurs où naît, selon un terme repris des *Confessions*, la « sympathie » des belles âmes. Sympathie qu'interdisent toutefois, on l'a observé plus haut, les exigences de la société. La nature intériorisée est donc l'antitragédie, mais une antitragédie restée au stade du désir ou de la nostalgie, car la société, qui est dans les faits, impose à la fin sa loi. Cela, Adolphe le suggère au début du chapitre IV, dans son hymne à l'amour qui, prolongeant la conclusion du chapitre III, forme — le temps d'un regret — comme un intermède musical avant l'éclatement du drame.

L'hymne est aussi le lieu où Rousseau rencontre le romantisme naissant. Ici, le tendre Saint-Preux est emporté par la fureur de René, et le murmure de Julie par le fracas des orages désirés. C'est une autre génération et une autre poésie. On les pressentait déjà dans l'orgueilleuse solitude d'Adolphe, dans sa rêverie « vague » et l'énergie avec laquelle il a abordé Ellénore. Maintenant, elles montent bruyamment en scène, maudissent l'homme oublieux du caractère sacré des liaisons uniques, bénissent celui qui s'y sent appelé et louent celle qui se donne. Le tout étant amplifié par la répétition, figure préférée d'Adolphe qui, la plaçant en ouverture ou fermeture de phrase, enchaînant d'identiques formes verbales, ou énumé-

du journal, au 21 novembre 1804, où l'« étrange philosophie » du xviiie siècle, coupable d'avoir dégradé toutes les « idées consolantes ou morales », ainsi que d'avoir répandu l'« égoïsme », passe tout entière à la trappe.

rant les mots d'une même famille, l'emploie chaque fois qu'il s'agit de mettre en valeur une idée forte. C'est le cas dans cet hymne, où elle rehausse phoniquement la conviction du héros.

On découvre plus généralement l'influence de la mentalité de la première moitié du XIXᵉ siècle dans le rôle de la mort dans *Adolphe*. On a relié cette hantise du « funèbre » et du « funeste », termes fréquents dans le texte, au caractère même de Constant, qui note dans son journal, le 14 avril 1806 : « L'idée de la mort est toujours autour de moi » (p. 569). Nous sommes alors à quelques mois de la rédaction d'*Adolphe*. Mais, dès le 20 avril 1804, le journal s'arrête sur l'histoire d'une jeune Anglaise qui, convaincue d'avoir commis un faux, n'eut pas un mot lors du procès ou en cellule, et ne quitta son étrange mutisme que lorsqu'elle eut la corde au cou. Alors seulement, elle hurla. « Misère faible, s'abandonnant sans lutte, n'espérant pas le moindre intérêt », conclut Constant, dont certains affirment que, né avec l'angoisse de mort et vieilli avant l'âge, il n'eut jamais de vrai élan vers la vie. Il y a bien entendu d'autres preuves de cette morbidité. Par exemple, le poème où il compose à vingt-sept ans sa propre épitaphe[1] ; ou les réactions devant la disparition des proches : Mme Johannot, aimée dans l'adolescence, et qui s'empoisonna pour échapper à un mari qui l'humiliait (*Le Cahier rouge*) ; Mme de Charrière, enlevée en 1805 ; Julie Talma, morte la même année, et que le journal, qui suit les étapes de son agonie, salue de ce cri : « Elle est morte. Ç'en est fait, fait pour jamais » (p. 517).

1. G. Poulet, *Benjamin Constant par lui-même*, Éditions du Seuil, 1968, p. 37, cite ce texte, d'ailleurs très stéréotypé :
> Au sein même du port j'avais prévu l'orage ;
> Mais entraîné loin du rivage
> A la fureur des vents je n'ai pu résister.
> J'ai prédit l'instant du naufrage,
> Je l'ai prédit sans pouvoir l'écarter.

Adolphe, une autobiographie muée en nécrologie? A trop gloser les coïncidences entre un texte et son auteur, on risque de buter sur une évidence, voire une aporie, car chacun pleure ses morts, et chacun perçoit dans la mort de l'autre l'imminence de la sienne. Qu'il y ait chez Adolphe un écho de la méditation de Constant, quand il dit, à propos de sa première amie (qui serait le double de Mme de Charrière), que la mort est le « terme de tout », nul ne le niera. La même remarque valant pour la scène où, devant la « pâle lumière » d'une chaumière, il voit la main de la mort partout. Reste que ces considérations — auxquelles il y a lieu d'opposer les moments où Constant amoureux manifeste une grande joie de vivre — relèvent de l'expérience commune. Celle-ci peut assombrir un livre, elle ne le façonne pas.

Plus intéressant est dans *Adolphe* le traitement narratif de la mort, parce qu'il traduit exactement la mutation intervenue au croisement du XVIIIe et du XIXe siècle. Par un de ces effets de pendule bien connus des historiens, la mort, plutôt discrète dans l'ère des Lumières où l'on s'en va avec pudeur et si possible avec un bon mot, revient alors sur la scène romanesque. La fin de Manon Lescaut — le froid des déserts d'Amérique, les soupirs de la mourante, Des Grieux étendu un jour sur le cadavre — annonce déjà ce retour du pathétique en 1753; et celle de Julie, dans *La Nouvelle Héloïse*, tourne en 1761 au grand spectacle avec les servantes effondrées, les amis anxieux, le médecin résigné, le pasteur accouru avec la Bible puis converti au théisme, et le renoncement paisible, quoique très disert, de l'héroïne à l'existence... C'est cependant Chateaubriand, dans *Atala* (1802), qui fixe le rituel en vigueur jusqu'au *Lys dans la vallée*, de Balzac (1835-1836) : sérénité du mourant heureux de partir; gommage des souffrances physiques (ce n'est pas un corps qui meurt, c'est une âme qui s'envole); présence discrète du médecin, assistance soulignée du prêtre remplissant son office devant des témoins attentifs ; projection de la scène sur un fond paysager accordé à la solennité de l'événement, et enfin, choix d'un moment privilégié qui est cette heure vespérale où le soleil se couche à l'horizon violet.

Cette mort-tableau, cette belle mort est bien celle d'Ellénore. N'y manquent ni le témoignage de la nature, ni la douleur de l'amant qui contraste avec le vouloir-mourir de sa maîtresse, ni le médecin s'effaçant devant le prêtre de la même façon que la science impuissante cède le pas à la religion, ni la cérémonie publique des derniers sacrements, ni la dédramatisation de l'instant décisif où l'héroïne, mis à part un dernier sursaut, d'ailleurs sobrement décrit, rend l'âme. Seule variante, en prêtant à Adolphe contre toute attente arraché à ses pleurs une longue apologie de la religion secourable, Constant a développé davantage la leçon morale, quand d'autres écrivains, qui la déduisent de la seule vertu du mourant, se montrent moins bavards.

La scène des adieux, si on en croit une note du journal disant que « la maladie [d'Ellénore] est amenée trop brusquement » (31 décembre 1806, p. 604), a fait l'objet d'un soin particulier et a sans doute été récrite. Moins dans son origine qui demeure, cliniquement parlant, parfaitement obscure, puisque la « fièvre ardente » d'Ellénore après son évanouissement, son « délire » et ses tremblements ne relèvent d'aucune affection précise. En revanche, Constant a certainement multiplié les signes ou prémonitions rendant la mort plus vraisemblable : pâleur mortelle d'Ellénore à chaque dérobade d'Adolphe ; « pressentiment » des chapitres IV et VIII, où elle annonce qu'elle mourra dans ses bras ; déclaration, surtout, du chapitre X, où elle dit qu'elle a plusieurs fois prié Dieu de la rappeler à lui. Ainsi, écartant la solution du suicide qu'avait élue Mme de Staël pour sa Delphine, mais qui eût nui à la portée morale de l'œuvre, Constant a opté pour une mort « à la

43

Corinne », une mort douce, une mort toute de réconciliation[1]. De plus, laissant à Dieu la cause dernière de la mort de son héroïne, il ne nie pas la première, qui est évidemment la privation d'amour. Il la valorise au contraire, puisque Dieu donne à Ellénore ce qu'Adolphe lui a refusé.

Constant aurait pu, comme d'autres écrivains du temps, et comme Mme de Staël l'a d'ailleurs fait dans la seconde version de *Delphine*, imaginer qu'Ellénore mourrait d'elle-même, par extinction progressive de ses résistances biologiques. Il a préféré une explication encore plus magique, que dément, dans le récit, le baron de T*** lorsqu'il dit à Adolphe qu'aucune femme n'est jamais morte d'avoir été abandonnée. Le baron de T*** parle en libertin; bientôt viendront les réalistes (les Goncourt, Zola), qui inscriront l'agonie dans le processus physiologique. Constant, qui n'est pas cynique et encore moins objectif, est encore, à l'instar de Chateaubriand, l'écrivain d'une mort moralement bienfaisante, où Ellénore perd la vie mais gagne le salut. Il est de surcroît l'écrivain d'une mort *romanesque*, que l'auteur, après tout libre d'orienter son œuvre, décide seul et place là où il lui plaît de la mettre. Dût la fin de la vie, ainsi que cela se produit dans *Adolphe*, coïncider avec la fin de la passion. La thèse, avancée par certains spécialistes qui sont d'avis que le dénouement de son récit est facile (que de romans, en effet, où la dernière page retombe comme une dalle sur une tombe!) n'est donc pas recevable; et elle l'est d'autant moins que Constant a eu soin de

1. Corinne, que Lord Oswald Nevil a abandonnée pour épouser, sous la pression des siens et de la société, Lucile, la demi-sœur de Corinne, qui est un parti socialement plus acceptable, est revenue à Florence. Bien qu'elle ait d'elle-même accepté son sacrifice, elle ne tarde pas à dépérir, et Lord Oswald, accompagné de Lucile, viendra à Florence bercer les derniers moments de la poétesse.

nous prévenir qu'Ellénore était vouée à la mort. Témoin, encore, de ce dénouement programmé, le passage du chapitre VIII où Adolphe compare son amour aboli aux squelettes des cimetières profanés.

La mort d'Ellénore répond, en un mot, à une logique qui, pour ne pas être celle du réel, ne s'en déroule pas moins tel un fil tendu d'avance. Ce fil est coupé dans une saison (l'hiver), une atmosphère (le « grisâtre ») et un pays qui tranchent avec les ors et le printemps de la mort préromantique. Ce triple décor convient pourtant au coloris dominant de la mémoire d'Adolphe qui, tout au long de son récit, a voulu parler depuis la pénombre de la mélancolie. Il rend également justice au cœur d'Ellénore qui meurt en Pologne, dans cette Pologne à deux faces comme elle, Pologne à la fois des ténèbres, Est sans clarté, qui veut que l'amour s'éteigne là où, normalement, le soleil se lève, et Pologne de la lumière, Orient qu'illumine le rayon de l'amour enfin pacifié.

Gilles ERNST.

Chronologie

1767 — Naissance à Lausanne. Sa mère meurt la même année; il est élevé par ses grands-parents.

1768 — Naissance de Chateaubriand.

1769 — Naissance de Bonaparte.

1770 — Naissance de Senancour.

1772 — Premier partage de la Pologne.

1773 — Diderot : *Paradoxe sur le comédien*; *Jacques le Fataliste*.

1774 — Son père, officier, le confie à des précepteurs.

Mort de Louis XV. Louis XVI devient roi. Ministère de Turgot.

1775 — Le père est au service de la Hollande. Constant est emmené à Bruxelles. Premières lectures littéraires.	Début de la guerre d'Indépendance d'Amérique. *Le Barbier de Séville*, de Beaumarchais.
1776 — Constant séjourne en Suisse.	Ministère de Necker.
1777 — Vit entre Lausanne et la Hollande.	
1778 — Retour en Suisse; ébauche *Les Chevaliers*, roman héroïque.	Mort de Voltaire et de Rousseau. La France soutient les Insurgés d'Amérique.
1779 — Continue à écrire *Les Chevaliers*, qui resteront inachevés.	
1780 — Courtes études à l'université d'Oxford.	
1781 — Nouveau séjour à Lausanne.	Renvoi de Necker.
1782 — Études à l'université d'Erlangen. Fréquente la margrave d'Anspach-Bayreuth. Fait des dettes de jeu et mène une vie dissipée.	*Confessions* (1re partie), et *Rêveries du promeneur solitaire*, de Rousseau.
1783 — Études à l'université d'Édimbourg.	Naissance de Stendhal et mort de d'Alembert. Traité de Versailles (indépendance des États-Unis).
	1784 — Mort de Diderot. *Le Mariage de Figaro*, de Beaumarchais.

1785 — Découverte de Paris. S'éprend de Mme Johannot, qui se suicidera par la suite. Il publie ses premiers articles dans des journaux. Tombe amoureux de Mme Trevor, femme d'un ambassadeur à Turin.	André Chénier compose les *Bucoliques*.
1786 — Germaine Necker, née en 1766, épouse le baron de Staël-Holstein.	Mort de Frédéric II.
1787 — Liaison avec Mme de Charrière. S'installe chez elle, à Colombier, après un voyage en Angleterre.	
1788 — Il arrive à Brunswick, où il prend une charge à la cour ducale. Se fiance avec Minna von Cramm.	*Paul et Virginie*, de Bernardin de Saint-Pierre.
1789 — Épouse Minna von Cramm en mai, et se rend avec elle à Lausanne.	États Généraux, prise de la Bastille : début de la Révolution. *Charles IX*, de Marie-Joseph Chénier.
1790 — Séjour à La Haye, pour un procès intenté à son père.	Naissance de Lamartine. Mort de l'empereur Joseph II.

1791 — S'éloigne de sa femme, qui a un amant. Voit souvent Mme de Charrière.

Adoption de la Constitution par Louis XVI. Fuite à Varennes (20-21 juin). L'assemblée législative entre en fonction. Transfert des cendres de Voltaire au Panthéon.

1792 — De nouveau à Brunswick. Continue de suivre les affaires de France; a des sympathies jacobines.

Guerre de la France contre l'Autriche. L'Europe coalisée contre la France. Chute de la monarchie (10 août). Début de la Commune. Victoire de Valmy (20 sept.). Début de la Convention. *La Mère coupable*, de Beaumarchais.

1793 — Rencontre Charlotte de Hardenberg (brève liaison). Se sépare définitivement de sa femme. Séjour à Lausanne.

Exécution de Louis XVI (21 janvier). Constitution de juin 1793. Insurrection en Vendée. Robespierre chef du Comité de salut public. Début de la Terreur. Deuxième partage de la Pologne.

1794 — Première rencontre avec Mme de Staël (18 sept.).

Victoire de Fleurus (26 juillet). 9 Thermidor (27 juillet) : chute de Robespierre. Échec de la révolte de Kosciusko en Pologne. Exécution d'André Chénier (a rédigé en prison les *Iambes*, « La Jeune Tarentine »).

1795 — S'installe avec Mme de Staël à Paris. Leur liaison prend dès ce moment un tour violent. Emprisonné un jour, lors des événements du 13 Vendémiaire. Mme de Staël est forcée de se replier en Suisse. Constant divorce d'avec Minna von Cramm. Achète dans ces années un domaine près de Luzarches.

13 Vendémiaire : répression conduite par Bonaparte. Installation du Directoire (fin octobre).

1796 — Il réside tantôt en Suisse, tantôt en France. Rédige *De la force du gouvernement actuel et de la nécessité de s'y rallier*. Se lie d'amitié avec Julie Talma.

Début de la campagne d'Italie de Bonaparte. Mort de Catherine II de Russie.

1797 — Naissance d'Albertine de Staël, sans doute fille de Constant. Celui-ci appuie Bonaparte et rédige deux pamphlets pour le soutenir.

Coup d'État du 28 Fructidor (4 sept.). Naissance de Vigny ; mort de Sedaine.

1798 — Échoue à des élections. Naturalisé français. Publication de ses discours politiques.

Début de la campagne d'Égypte. Annexion de la Suisse.

1799 — Nommé membre du Tribunat.

Coup d'État du 18 Brumaire. Début du Consulat.

1800 — Il passe dans l'opposition. Début de sa liaison avec Anna Lindsay.	Victoire de Marengo (14 juin). Mme de Staël : *De la littérature considérée dans ses rapports avec les institutions sociales.*
1801 — S'éloigne d'Anna Lindsay.	Signature du Concordat. *Atala*, de Chateaubriand.
1802 — Il est éliminé du Tribunat par Bonaparte. Nombreuses scènes de colère avec Germaine de Staël.	Paix d'Amiens avec l'Angleterre. Bonaparte nommé Consul à vie. *Delphine*, de Mme de Staël. Naissance de Victor Hugo. Chateaubriand : *Le Génie du christianisme* (avec *René*).
1803 — Rédaction d'*Amélie et Germaine*, premier essai de journal intime. Mme de Staël brusquement exilée par Bonaparte ; elle se rend en Allemagne.	Naissance de Mérimée. Reprise de la guerre avec l'Angleterre. Création de la Confédération helvétique, dont Bonaparte est le médiateur.
1804 — Constant en Allemagne. Rencontre Goethe et Schiller. Mort de Necker : Constant ramène Mme de Staël en Suisse. Voyage de celle-ci en Italie. Il commence un autre journal intime. Assiste à de nombreuses représentations théâtrales.	Promulgation du Code civil. Proclamation de l'Empire (mai). *Oberman*, de Senancour. Naissance de Sainte-Beuve et de George Sand.

1805 — Constant souvent à Paris. Il revoit Anna Lindsay, et aussi Charlotte de Hardenberg, qu'il veut épouser. Le journal intime se poursuit sous forme abrégée. Mort de Julie Talma et de Mme de Charrière.

Goethe traduit en allemand *Le Neveu de Rameau*, de Diderot. Alliance anglo-russe contre la France. L'Autriche y adhère. Défaite française à Trafalgar (21 oct.) Austerlitz (2 décembre).

1806 — Grande passion pour Charlotte.
Commence le 30 octobre, à Rouen, le « roman » qui sera *Adolphe*. Continue à l'écrire jusqu'à la fin de l'année.

Confédération du Rhin et fin du Saint-Empire romain germanique. Blocus continental (novembre).

1807 — Charlotte est en Allemagne, et Constant à Lausanne, où il rencontre les quiétistes de son cousin, Charles de Langalerie. Nombreuses scènes avec Mme de Staël. Il revoit Charlotte, qui tombe malade à Dole. Commence de traduire le *Wallenstein* de Schiller. Abandonne pour un temps le journal intime. Lecture du manuscrit d'*Adolphe* chez des amis.

Corinne, de Mme de Staël. Paix de Tilsitt (juillet) : alliance franco-russe. Restauration partielle de l'indépendance de la Pologne.

1808 — Il épouse en secret Charlotte; puis retourne à Coppet.

Intervention française en Espagne : Joseph Bonaparte succède à Charles IV. Naissance de Nerval. Début du sursaut national en Prusse.

1809 — Publication de *Wallenstein*. Charlotte informe Mme de Staël du mariage. Constant vit tantôt chez l'une, tantôt chez l'autre. Début possible de la rédaction de *Cécile*, récit autobiographique.

Coalition austro-anglaise contre la France. Défaite de l'Autriche et traité de Vienne (octobre). Occupation de Rome et enlèvement du pape. Chateaubriand publie *Les Martyrs* et commence les *Mémoires d'Outre-Tombe*.

1810 — Constant, ruiné par le jeu, vend son domaine et partage son temps entre Mme de Staël et sa femme. *Adolphe* mis au net par un copiste.

De l'Allemagne, de Mme de Staël. Naissance de Musset. Mariage de Napoléon et de Marie-Louise d'Autriche. Bernadotte prince héritier de Suède.

1811 — Rédaction du *Cahier rouge*, autre récit autobiographique. Rupture définitive avec Mme de Staël. Il part avec sa femme pour Göttingen. Reprend son journal intime.

Naissance du roi de Rome. Naissance de Théophile Gautier.

1812 — Mort du père de Constant. Celui-ci voyage avec sa femme en Allemagne. Autres lectures d'*Adolphe* en privé.

Rupture avec la Russie; nouvelle coalition contre la France, et campagne de Russie (prise de Moscou le 13 septembre).

1813 — Constant, toujours en Allemagne, intrigue contre Napoléon et rencontre Bernadotte, qui s'est joint aux coalisés. Lectures d'*Adolphe* devant divers publics. Relâchement des liens avec sa femme.

Formation de la coalition générale, avec l'Autriche. Napoléon perd la bataille de Leipzig (16-18 oct.).

1814 — *De l'esprit de conquête et de l'usurpation dans leurs rapports avec la civilisation européenne*, pamphlet contre Napoléon. Il devient l'intime de Bernadotte, candidat à la succession de Napoléon. Il est à Paris en avril et publie divers essais politiques, comme ses *Réflexions sur les constitutions*. Se montre réservé vis-à-vis des Bourbons. S'éprend de Mme Récamier.

Invasion de la France; abdication de l'Empereur le 3 avril. Louis XVIII monte sur le trône (26 avril). Promulgation de la Charte. Premier traité de Paris. Mort de Bernardin de Saint-Pierre.

1815 — Rédige les *Mémoires de Mme Récamier*, et *De la responsabilité des ministres*. Se rallie contre toute logique à Napoléon qui le nomme au Conseil d'État et le charge de rédiger l'Acte additionnel aux Constitutions de l'Empire. Louis XVIII rapporte l'ordre d'exil qui le frappait; mais Constant quitte la France en novembre, pour aller à Bruxelles.

1er mars : début des Cent-Jours. 18 juin : défaite de Waterloo. 22 juin : seconde abdication de Napoléon. Retour de Louis XVIII et second traité de Paris. Chambre « introuvable »; ministère du duc de Richelieu. Sainte-Alliance (Russie, Autriche et Prusse).

1816 — Arrivée à Londres. Publication d'*Adolphe* à Londres et Paris; puis à Paris (« seconde édition »), et à nouveau à Londres, en anglais. Le livre n'a que peu de succès. Articles de la presse anglaise sur les clés.	Dissolution de la Chambre « introuvable ». Ministère Decazes.
1817 — Il reprend le *Mercure de France* et veut de nouveau jouer un rôle politique. Publication de textes politiques. Battu à l'Académie. Mort de Mme de Staël le 14 juillet.	*Rome, Naples et Florence*, de Stendhal.
1818 — *Le Mercure* interdit devient *La Minerve française*. Constant échoue aux élections à Paris. Continue de rédiger des analyses politiques, notamment les *Entretiens d'un électeur avec lui-même*. Un accident à la jambe le rend définitivement boiteux.	Naissance de Leconte de Lisle. Bernadotte devient roi de Suède.
1819 — Il est élu député de la Sarthe.	
1820 — Interdiction de *La Minerve française*, à la suite de la mort du duc de Berry. Publication des *Mémoires sur les Cent-Jours*.	Assassinat du duc de Berry (février). Lamartine, *Méditations poétiques*.

	1821 — Mort de Napoléon (5 mai). Début de la révolte des Grecs contre les Ottomans. Ministère Villèle. Naissance de Baudelaire et de Flaubert.
1822 — Inculpé de participation à un complot, il est condamné à une amende. Est battu aux élections en novembre.	Stendhal, *De l'Amour*. Hugo, *Odes*.
1823 — Travaille à un livre sur la religion, qu'il a en chantier depuis longtemps.	Intervention française en Espagne. Hugo, *Han d'Islande*.
1824 — Élu député de Paris en mars. Publie *De la Religion considérée dans sa source, ses formes et ses développements* (tome I). Troisième édition d'*Adolphe*, à Paris.	Mort de Louis XVIII (6 sept.), et avènement de Charles X.
1825 — S'oppose à la loi sur le milliard des émigrés. Publie le tome II de *De la Religion*... Soutient la lutte des Grecs.	
	1826 — Vigny, *Poèmes antiques et modernes*; *Cinq-Mars*.
1827 — Élu député du Bas-Rhin. Publie le tome III de *De la Religion*...	Échec de la loi sur la presse, et triomphe des libéraux aux élections. Hugo, *Cromwell*. Stendhal, *Armance*.
1828 — Échoue à nouveau à l'Académie.	Renvoi de Villèle; ministère de Martignac.

1829 — Publie ses *Réflexions sur la tragédie*, et les *Mélanges de littérature et de politique*. Tombe gravement malade.

Ministère Polignac.
Sainte-Beuve : *Poèmes et pensées de Joseph Delorme*.
Mérimée publie ses premières nouvelles.

1830 — Il est réélu député. Prend parti activement pour le duc d'Orléans qui, devenu roi, le nomme au Conseil d'État et lui donne de l'argent pour payer ses dettes. Il prépare l'édition du tome IV de *De la Religion*..., qui sortira en 1831. Il meurt le 8 décembre. Funérailles nationales le 12.

Triomphe des libéraux ; « Trois-Glorieuses » et abdication de Charles X. Louis-Philippe, roi des Français.
Hugo, *Hernani*.
Musset, *Contes d'Espagne et d'Italie*.
Stendhal, *Le Rouge et le Noir*.
Lamartine, *Harmonies*.

Bibliographie sommaire

MANUSCRITS

La Bibliothèque cantonale et universitaire de Lausanne conserve (Fonds Constant de Rebecque, Co R1) le texte, en partie de la main de l'auteur, en partie de celle d'un copiste, d'*Adolphe*. Les variantes de ce texte ont été pour la première fois étudiées par P. Delbouille, dans son édition de 1977 (voir ci-dessous).

A Paris, à la Bibliothèque nationale, se trouve une copie d'un manuscrit d'*Adolphe* (N.a.fr. 14358).

PRINCIPALES ÉDITIONS

Adolphe, anecdote trouvée dans les papiers d'un inconnu, Londres, H. Colburn, 1816 ; et Paris, Treuttel et Würtz, 1816 (ce sont les deux « premières éditions »).

Adolphe [...], mêmes éditeurs et lieux, 1816, édition dite « revue, corrigée et augmentée » (en fait, la même que les précédentes, mais augmentée d'une préface).

Adolphe [...], Paris, Brissot-Thivars, 1824 (avec une nouvelle préface). Texte de la présente édition.

Adolphe [...], édition historique et critique par Gustave Rudler, Manchester, Impr. de l'Université, 1919.

Adolphe [...], introduction et notes de F. Baldensperger, Paris, Droz, « Textes littéraires français », 1946.

Adolphe [...], introduction et notes de J.-H. Bornecque, Garnier, « Classiques Garnier », 1955 (rééd. en 1968).

Adolphe [...], dans *Œuvres*, texte présenté et annoté par Alfred Roulin, Gallimard, « Bibliothèque de la Pléiade », 1957.

Adolphe [...], texte établi avec une introduction, une bibliographie, des notices, des notes et des variantes des deux manuscrits et des premières éditions, par Paul Delbouille, « Les Belles Lettres », 1977.

Adolphe [...], préface, bibliographie et chronologie par Daniel Leuwers, Flammarion, « GF », 1989.

Adolphe [...], *Le Cahier rouge*, édition établie, présentée et annotée par Béatrice Didier, Le Livre de Poche, 1988.

AUTRES TEXTES DE CONSTANT

Bibliographies

Œuvres, édition d'A. Roulin (voir ci-dessus).

Genèse, structure et destin d'Adolphe, de Paul Delbouille, « Les Belles Lettres », 1971.

Textes

Lettres à sa famille, avec une introduction de J.-H. Menos, Paris, Savine, 1888.

L'Inconnue d'Adolphe. Correspondance de B. Constant et d'Anna Lindsay, publiée par la baronne Constant de Rebecque, Plon, 1933.

Lettres à un ami, publiées par J. Mistler, Neuchâtel, La Baconnière, 1949.

Correspondance de Benjamin et de Rosalie de Constant (1786-1830), introduction et notes d'A. et S. Roulin, Gallimard, 1955.

Œuvres, édition d'A. Roulin (voir ci-dessus). Cette édition contient notamment les journaux intimes, *Cécile* et *Le Cahier rouge*.

Cent lettres de B. Constant, présentées par P. Corday, Lausanne, Éditions Rencontre, 1974.

Lettres de B. Constant à Mme Récamier (1807-1830), Klincksieck, 1977.

LIVRES ET ARTICLES PRINCIPAUX

Bibliographies

Genèse, structure [...], de P. Delbouille (voir ci-dessus).

Bibliographie analytique des écrits sur Benjamin Constant (1796-1980), B. Waridel, J.-F. Tiercy, etc., Institut Benjamin Constant, Voltaire Foundation, Oxford, 1980.

Études

ARLAND, M., *Les Échanges*, Gallimard, 1946.

BASTID, P., *Benjamin Constant et sa doctrine*, Paris, Colin, 1966.

BENICHOU, P., « La genèse d'*Adolphe* », *Revue d'histoire littéraire de la France*, t. 54, 1954 (repris dans *L'Écrivain et ses travaux*, Paris, Corti, 1967).

BALAYÉ, S., « Mme de Staël et Mme de Malbée ou *Cécile*, autobiographie et roman », *Europe*, n° 467, mars 1968. — « Benjamin Constant lecteur de *Corinne* », *Benjamin Constant*, Actes du congrès de Lausanne, Droz, 1968.

BALDENSPERGER, F., « Dans l'intimité d'Ellénore », *Revue de littérature comparée*, t. 6, 1926. — « Retour à Ellénore ou légende et vérité en histoire littéraire », *Revue de littérature comparée*, t. 17, 1937.

BLANCHOT, M., « *Adolphe* ou le malheur des sentiments vrais », *La Part du feu*, Paris, Gallimard, 1949.

BOURGET, P., *Essais de psychologie contemporaine*, Plon, t. 1, 1920.

Bowmann, F.P., « L'épisode quiétiste dans *Cécile* », *Benjamin Constant*, Actes du congrès de Lausanne, Droz, 1968.

Cordey, P., *Mme de Staël et Benjamin Constant sur les bords du Léman*, Payot, 1966.

Cordie, C., *Benjamin Constant*, Milan Hœpli, 1946.

Deguise, P., « *Adolphe* et les *Journaux intimes* de Benjamin Constant », *Revue des sciences humaines*, t. 82, 1956. — *Benjamin Constant méconnu. Le livre « De la religion »*, Droz, 1966.

Delbouille, P., *Genèse, structure* [...] (voir ci-dessus).

Didier, B., « Adolphe ou le double plaisir », *Europe*, n° 467, 1968.

Du Bos, Ch., *Approximations*, Corréa, 1934. — *Grandeur et misère de Benjamin Constant*, Corréa, 1946.

Fabre-Luce, A., *Benjamin Constant*, Fayard, 1939.

Fairlie, A., « L'individu et l'ordre social dans *Adolphe* », *Europe*, n° 467, 1968. — « Constant romancier : le problème de l'expression », *Benjamin Constant*, Actes du congrès de Lausanne, Droz, 1968.

France, A., *Le Génie latin*, Calmann-Lévy, 1917.

Gouhier, H., *Benjamin Constant devant Dieu*, Paris, Desclée de Brouwer, 1968.

Guillemin, H., *Benjamin Constant muscadin*, Gallimard, 1958.

Jallat, J., « *Adolphe*, la parole et l'autre », *Littérature*, mai 1971.

Jeanson, F., « Benjamin Constant ou l'indifférence en liberté », *Les Temps modernes*, t. 3, 1948 (repris dans *Lignes de départ*, Éditions du Seuil, 1963).

Le Hir, Y., « Lignes de force sur l'imagination de Benjamin Constant dans *Adolphe* », *Convivium*, n° 26, 1958.

Levaillant, M., *Les Amours de Benjamin Constant*, Hachette, 1958.

Monglond, A., *Vies préromantiques*, « Les Presses françaises » et « Les Belles Lettres », 1952.

NICOLAS, C., « Pourquoi Ellénore est-elle polonaise ? », *Revue d'histoire littéraire de la France*, t. 66, 1966.

OLIVER, A., *Benjamin Constant, écriture et conquête du moi*, Minard, « Lettres modernes », 1970.

PHOLIEN, G., « *Adolphe* et son public », *Revue d'histoire littéraire de la France*, janv.-fév. 1985.

POULET, G., *Benjamin Constant par lui-même*, Éditions du Seuil, « Écrivains de toujours », 1968. — « Benjamin Constant et l'abnégation », *Benjamin Constant*, Actes du congrès de Lausanne, Droz, 1968.

RUDLER, G., *La Jeunesse de Benjamin Constant*, A. Colin, 1908.

SAINTE-BEUVE, C.A., *Portraits de femmes*, Garnier, nouvelle édition, 1862. — *Causeries du lundi*, Garnier, t. 11, 3e édition, 1870. — *Portraits littéraires*, Garnier, nouvelle édition, t. 3, 1864.

SEYLAZ, J.L., « Le portrait d'Ellénore et le jeu des pronoms », *Annales Benjamin Constant*, n° 5, 1986.

STAROBINSKI, J., « Benjamin Constant et l'éloquence », *Benjamin Constant, Mme de Staël et le groupe de Coppet*, Actes du colloque de Lausanne (1982), Oxford, Voltaire Foundation, 1982.

THIBAUDET, A., *Le Liseur de romans*, Crès, 1925.

TODOROV, T., « La Parole selon Constant », *Critique*, n° 255-256, 1968 (repris dans *Poétique de la prose*, Éditions du Seuil, 1971).

VERHOEFF, H., « *Adolphe* » *et Constant. Une étude psychocritique*, Paris, Klincksieck, 1976.

NOTES

Les notes signalant une variante sont précédées de la mention Var. Ces variantes sont citées dans l'édition de 1977 de P. Delbouille, *op. cit.*, pp. 243-261 (sans qu'on fasse obligatoirement mention de la page de cette édition); les manuscrits et les éditions dont il est question sont représentés par les sigles suivants, usuels depuis l'édition Rudler (voir Bibliographie) :

M 1 : manuscrit de Lausanne.
M 2 : manuscrit de Paris (copie de 1810).
L   : 1re édition, Londres (1816).
P   : 1re édition, Paris (1816).
C   : 3e édition.
Ↄ   : 4e édition.

ADOLPHE

*Anecdote trouvée
dans les papiers d'un inconnu*

PRÉFACE[1]

DE LA SECONDE ÉDITION
OU
ESSAI SUR LE CARACTÈRE ET LE RÉSULTAT
MORAL DE L'OUVRAGE

Le succès de ce petit ouvrage nécessitant une seconde édition, j'en profite pour y joindre quelques réflexions sur le caractère et la morale de cette anec-

1. « Commencé une préface pour mon roman », écrit Constant dans son journal, le 25 juin 1816 (*op. cit.*, p. 817). Il en remaniera le texte dans les jours suivants. Cette préface, connue depuis 1935 seulement, reprend la thèse exposée dans une lettre du 23 juin 1816 au *Morning Chronicle*, journal anglais qui avait publié un article soulignant les rapports entre Ellénore et Mme de Staël. Niant le caractère autobiographique d'*Adolphe*, elle était destinée à introduire la « seconde édition » d'*Adolphe* (en fait, le texte et la typographie des éditions simultanées de Londres et de Paris, mais avec une nouvelle page de titre). Cette « seconde édition », qui se voulait « revue, corrigée et augmentée », devait paraître à Londres et à Paris en même temps, et chez les mêmes libraires que ceux de la première. P. Delbouille remarque qu'elle n'eut qu'un « commencement de réalisation » (*Adolphe*, édition citée, p. 75), et n'existe qu'en quelques exemplaires, dont le texte ne peut être pris en compte pour une vraie présentation d'*Adolphe*.

La préface, en revanche, est capitale, comme on l'a vu; des fragments de son texte figurent dans le manuscrit conservé à Lausanne, et P. Delbouille, qui a examiné ces fragments, pense que certains pourraient avoir été rédigés avant le 25 juin 1816, parce que Constant écrit le 9 mai 1816 dans son journal : « Fait la préface de mon roman », et, le 13 : « Travaillé à la préface de mon roman » (*op. cit.*, p. 814). P. Delbouille voit dans ces notes la preuve que Constant rédigeait dès ce moment les passages qui ne concernent pas directement les allusions des journaux aux clefs de son roman.

dote[1] à laquelle l'attention du public donne une valeur que j'étais loin d'y attacher.

J'ai déjà protesté contre les allusions qu'une malignité[2] qui aspire au mérite de la pénétration, par d'absurdes conjectures, a cru y trouver. Si j'avais donné lieu réellement à des interprétations pareilles, s'il se rencontrait dans mon livre une seule phrase qui pût les autoriser, je me considérerais comme digne d'un blâme rigoureux.

Mais tous ces rapprochements prétendus sont heureusement trop vagues et trop dénués de vérité, pour avoir fait impression. Aussi n'avaient-ils point pris naissance dans la société. Ils étaient l'ouvrage de ces hommes qui, n'étant pas admis dans le monde, l'observent du dehors, avec une curiosité gauche et une vanité blessée, et cherchent à trouver ou à causer du scandale, dans une sphère au-dessus d'eux.

Ce scandale est si vite oublié que j'ai peut-être tort d'en parler ici. Mais j'ai ressenti une pénible surprise, qui m'a laissé le besoin de répéter qu'aucun des caractères tracés dans *Adolphe* n'a de rapport avec aucun des individus que je connais, que je n'ai voulu en peindre aucun, ami ou indifférent ; car envers ceux-ci mêmes, je me crois lié par cet engagement tacite d'égards et de discrétion réciproque, sur lequel la société repose.

Au reste, des écrivains plus célèbres que moi ont éprouvé le même sort. L'on a prétendu que M. de Chateaubriand s'était décrit dans *René*[3] ; et la femme

---

1. Pour le sens et l'importance de ce mot, voir l'Introduction, partie 2.
2. Inclination à faire du mal ou à en dire.
3. Célèbre roman de François-René de Chateaubriand, paru en 1802, dont on a dit qu'il racontait l'enfance de son auteur ; mais dont une grande partie, comme le suggère justement Constant, est imaginaire.

la plus spirituelle de notre siècle, en même temps qu'elle est la meilleure, Mme de Staël a été soupçonnée, non seulement de s'être peinte dans *Delphine* et dans *Corinne* [1], mais d'avoir tracé de quelques-unes de ses connaissances des portraits sévères ; imputations bien peu méritées ; car, assurément, le génie qui créa *Corinne* n'avait pas besoin des ressources de la méchanceté, et toute perfidie sociale [2] est incompatible avec le caractère de Mme de Staël, ce caractère si noble, si courageux dans la persécution [3], si fidèle dans l'amitié, si généreux [4] dans le dévouement.

Cette fureur de reconnaître dans les ouvrages d'imagination les individus qu'on rencontre dans le monde, est pour ces ouvrages un véritable fléau. Elle les dégrade, leur imprime une direction fausse, détruit leur intérêt et anéantit leur utilité. Chercher des allusions dans un roman, c'est préférer la tra-

---

1. Dans *Delphine* (1802), roman épistolaire qui raconte les amours contrariées de deux jeunes gens séparés par la calomnie, l'héroïne passe pour être Mme de Staël elle-même, tandis que Léonce, son amant, serait Benjamin Constant, et Mme de Vernon, femme perfide qui a éloigné Léonce de Delphine, Talleyrand. *Corinne* (1807), autre roman d'amour (où Corinne, amoureuse de Lord Oswald Nevil, renonce à lui par grandeur d'âme et meurt), a été lue comme l'histoire de la liaison de Mme de Staël avec un jeune et séduisant diplomate.

2. Perfidie exercée contre la société.

3. Allusion à l'hostilité bien connue de Bonaparte à l'égard de Mme de Staël qui, soupçonnée d'intriguer contre lui, est exilée en 1803, au moment où Benjamin Constant se range également dans l'opposition. Elle sera dès lors, tout au long de ses déplacements en Europe, constamment surveillée par la police française. Et ne reviendra à Paris qu'après la chute de Napoléon.

4. Du latin *generosus*, l'adjectif signifie d'abord « de race noble » ; puis, par extension, qui a un grand cœur et donne largement. Est-ce une discrète allusion à l'action de Germaine de Staël, qui facilita les débuts mondains et politiques de Constant ?

casserie à la nature, et substituer le commérage à l'observation du cœur humain.

Je pense, je l'avoue, qu'on a pu trouver dans *Adolphe* un but plus utile et, si j'ose le dire, plus relevé.

Je n'ai pas seulement voulu prouver le danger de ces liens irréguliers, où l'on est d'ordinaire d'autant plus enchaîné qu'on se croit plus libre. Cette démonstration aurait bien eu son utilité; mais ce n'était pas là toutefois mon idée principale.

Indépendamment de ces liaisons établies que la société tolère et condamne[1], il y a dans la simple habitude d'emprunter le langage de l'amour, et de se donner ou de faire naître en d'autres des émotions de cœur passagères, un danger qui n'a pas été suffisamment apprécié jusqu'ici. L'on s'engage dans une route dont on ne saurait prévoir le terme, l'on ne sait ni ce qu'on inspirera, ni ce qu'on s'expose à éprouver. L'on porte en se jouant[2] des coups dont on ne calcule ni la force, ni la réaction sur soi-même; et la blessure qui semble effleurer peut être incurable.

Les femmes coquettes[3] font déjà beaucoup de mal, bien que les hommes, plus forts, plus distraits[4] du sentiment par des occupations impérieuses, et destinés à servir de centre à ce qui les entoure, n'aient pas au même degré que les femmes, la noble et dangereuse faculté de vivre dans un autre et pour un autre. Mais combien ce manège, qu'au premier coup d'œil

1. Subtile nuance, que celle introduite par « et » : la société tolère certaines liaisons, qui durent, tout en les condamnant.
2. Emploi absolu : en se divertissant.
3. Sens péjoratif : femmes qui cherchent à plaire par tous les moyens.
4. Sens étymologique (de *trahere*, tirer) : détournés. Ici : du sentiment de l'amour.

on jugerait frivole, devient plus cruel quand il s'exerce sur des êtres faibles, n'ayant de vie réelle que dans le cœur, d'intérêt profond que dans l'affection, sans activité qui les occupe, et sans carrière qui les commande, confiantes par nature, crédules par une excusable vanité, sentant que leur seule existence est de se livrer sans réserve à un protecteur, et entraînées sans cesse à confondre le besoin d'appui et le besoin d'amour!

Je ne parle pas des malheurs positifs[1] qui résultent de liaisons formées et rompues, du bouleversement des situations, de la rigueur des jugements publics, et de la malveillance de cette société implacable, qui semble avoir trouvé du plaisir à placer les femmes sur un abîme, pour les condamner, si elles y tombent. Ce ne sont là que des maux vulgaires[2]. Je parle de ces souffrances du cœur, de cet étonnement[3] douloureux d'une âme trompée, de cette surprise avec laquelle elle apprend que l'abandon devient un tort, et les sacrifices des crimes aux yeux mêmes de celui qui les reçut[4]. Je parle de cet effroi qui la saisit, quand elle se voit délaissée par celui qui jurait de la protéger; de cette défiance[5] qui succède à une confiance si entière, et qui, forcée à se diriger contre l'être qu'on élevait au-dessus de tout, s'étend

1. Incontestables, assurés.
2. Qui arrivent communément, qui sont courants.
3. Le sens premier d'« étonnement » (état de quelqu'un qui est frappé par le tonnerre) s'est déjà affaibli du temps de Constant. D'où la nécessité de le renforcer par l'adjectif « douloureux ».
4. Comprendre : l'abandon (le don d'elle-même) qu'a fait la femme aimée devient un tort aux yeux de l'homme qui la quitte, et les sacrifices qu'elle a consentis pour lui deviennent (ce verbe est sous-entendu) des crimes à ses yeux. On notera aussi la force de ce renversement tout entier imputé à la cruauté de l'homme.
5. Crainte et doute qui font qu'on ne se confie qu'après réflexion (distinguée de la méfiance, où l'on ne se fie pas du tout).

par là même au reste du monde. Je parle de cette estime refoulée[1] sur elle-même, et qui ne sait où se placer.

Pour les hommes mêmes, il n'est pas indifférent de faire ce mal. Presque tous se croient bien plus mauvais, plus légers qu'ils ne sont. Ils pensent pouvoir rompre avec facilité le lien qu'ils contractent avec insouciance. Dans le lointain, l'image de la douleur paraît vague et confuse, telle qu'un nuage qu'ils traverseront sans peine. Une doctrine de fatuité[2], tradition funeste[3], que lègue à la vanité de la génération qui s'élève la corruption de la génération qui a vieilli, une ironie devenue triviale, mais qui séduit l'esprit par des rédactions piquantes[4], comme si les rédactions changeaient le fond des choses, tout ce qu'ils entendent, en un mot, et tout ce qu'ils disent, semble les armer contre les larmes qui ne coulent pas encore. Mais lorsque ces larmes coulent, la nature revient en eux, malgré l'atmosphère factice dont ils s'étaient environnés. Ils sentent qu'un être qui souffre par ce qu'il aime est sacré. Ils sentent que dans leur cœur même qu'ils ne croyaient pas avoir mis de la partie, se sont enfoncées les racines du sentiment qu'ils ont inspiré, et s'ils veulent dompter ce que par habitude ils nomment faiblesse, il faut qu'ils descendent dans ce cœur misérable, qu'ils y

---

1. Métaphore : estime qui, faute de pouvoir porter sur quelqu'un, s'est repliée sur elle-même, comme le courant de l'eau qui refluerait en arrière.
2. Pour cette attaque contre la sécheresse des « roués » du XVIIIᵉ siècle, qui sera souvent reprise par les écrivains romantiques (par exemple, Musset), voir l'Introduction, partie 4.
3. Cet adjectif est souvent utilisé par Constant ; il a ici son sens figuré : qui apporte le malheur.
4. Les livres libertins du XVIIIᵉ siècle, qui plaisent par leur vivacité et leur agrément (sens de « piquantes »).

froissent[1] ce qu'il y a de généreux, qu'ils y brisent ce qu'il y a de fidèle, qu'ils y tuent ce qu'il y a de bon. Ils réussissent, mais en frappant de mort une portion de leur âme, et ils sortent de ce travail[2] ayant trompé la confiance, bravé la sympathie[3], abusé de la faiblesse, insulté la morale en la rendant[4] l'excuse de la dureté, profané toutes les expressions et foulé aux pieds tous les sentiments. Ils survivent ainsi à leur meilleure nature, pervertis par leur victoire, ou honteux de cette victoire, si elle ne les a pas pervertis.

Quelques personnes m'ont demandé ce qu'aurait dû faire Adolphe, pour éprouver et causer moins de peine. Sa position et celle d'Ellénore étaient sans ressource, et c'est précisément ce que j'ai voulu. Je l'ai montré tourmenté, parce qu'il n'aimait que faiblement Ellénore : mais il n'eût pas été moins tourmenté, s'il l'eût aimée davantage. Il souffrait par elle, faute de sentiment : avec un sentiment plus passionné, il eût souffert pour elle. La société, désapprobatrice et dédaigneuse, aurait versé tous ses venins sur l'affection que son aveu[5] n'eût pas sanctionnée. C'est ne pas commencer de telles liaisons qu'il faut pour le bonheur de la vie : quand on est entré dans cette route, on n'a plus que le choix des maux.

1. Sens figuré : offenser, blesser violemment (valeur identique dans les autres occurrences).
2. Ironique : entreprise exécutée avec peine.
3. L'élan de deux êtres qui se comprennent.
4. Rendre une chose tout autre qu'elle n'était, la transformer complètement. Comprendre : on insulte la morale en la faisant passer pour la cause de la dureté. La phrase est plus claire dans la *Préface de la troisième édition*.
5. Approbation.

PRÉFACE

DE LA TROISIÈME ÉDITION[1]

Ce n'est pas sans quelque hésitation que j'ai consenti à la réimpression de ce petit ouvrage, publié il y a dix ans. Sans la presque certitude qu'on voulait en faire une contrefaçon en Belgique, et que cette contrefaçon, comme la plupart de celles que

1. Texte pour l'édition de 1824, parue à Paris. Il ne contient plus les longues allusions à Mme de Staël qui, il est vrai, est morte depuis 1817; et, s'il reprend nombre de mots clés (comme « factice », « défiance », « sympathie »), et certains points de la préface de 1816, notamment ceux qui concernent la souffrance causée par les « cœurs arides », il les développe moins, brièveté qui ne nuit en rien à leur portée morale. Au contraire, celle-ci n'en est que mieux affirmée. Ainsi, là où Constant, après avoir tracé un parallèle entre la psychologie féminine et la psychologie masculine (lui aussi abandonné au profit d'une vision plus générale de l'homme devant la passion), écrivait en 1816 que ceux qui abusent de l'amour d'une femme sincère ont « insulté la morale », il écrit maintenant qu'ils ont « outragé la morale » : le verbe est plus fort, qui insiste sur la gravité de l'offense. En somme, cette troisième préface, qui précise en outre la singularité de l'œuvre (voir la fin du premier paragraphe), s'accorde mieux au ton et à la manière du roman qu'elle introduit, parce que, ici et là, c'est le moraliste du cœur humain qui s'exprime. Et ce, jusque dans le rappel de l'accueil fait par tous ceux, « amis » ou « lecteurs », qui ont lu le roman et se sont reconnus en Adolphe. Cette identification est bien dans la tradition classique, où le roman d'analyse est le reflet du cœur humain; elle justifie *a posteriori* Constant.

répandent en Allemagne et qu'introduisent en France les contrefacteurs belges[1], serait grossie d'additions et d'interpolations[2] auxquelles je n'aurais point eu de part, je ne me serais jamais occupé de cette anecdote, écrite dans l'unique pensée de convaincre deux ou trois amis réunis à la campagne de la possibilité de donner une sorte d'intérêt à un roman dont les personnages se réduiraient à deux, et dont la situation serait toujours la même.

Une fois occupé de ce travail, j'ai voulu développer quelques autres idées qui me sont survenues et ne m'ont pas semblé sans une certaine utilité. J'ai voulu peindre le mal que font éprouver même aux cœurs arides les souffrances qu'ils causent, et cette illusion qui les porte à se croire plus légers ou plus corrompus qu'ils ne le sont. A distance, l'image de la douleur qu'on impose paraît vague et confuse, telle qu'un nuage facile à traverser ; on[3] est encouragé par l'approbation d'une société toute factice, qui supplée aux principes par les règles[4] et aux émotions par les convenances, et qui hait le scandale comme importun, non comme immoral, car elle accueille assez bien le vice quand le scandale ne s'y trouve pas ; on pense que des liens formés sans réflexion[5] se brise-

---

1. Ne s'agit-il pas là d'un prétexte commode pour justifier la nouvelle préface ? Ce n'est qu'en 1830, l'année où Constant meurt, que paraît à Bruxelles, chez Louis Hauman et Cie, une contrefaçon d'*Adolphe*, qui se prétend une cinquième édition.
2. Mots ou phrases insérés dans un texte par un autre que l'auteur, et qui en dénaturent le sens.
3. Désigne évidemment les hommes légers, qui ne font pas cas de la douleur de leur compagne.
4. Les « règles » sont des prescriptions plus concrètes et plus simples que les « principes » qui — le mot vient du latin *principium*, « origine » — sont des lois d'ensemble, posées au début. Il s'agit ici, évidemment, des grands préceptes de la morale.
5. Ces liens se sont formés naturellement, par le cœur et la sympathie.

ront sans peine. Mais quand on voit l'angoisse qui résulte de ces liens brisés, ce douloureux étonnement d'une âme trompée, cette défiance qui succède à une confiance si complète, et qui, forcée de se diriger contre l'être à part du reste du monde, s'étend à ce monde tout entier, cette estime refoulée sur elle-même et qui ne sait plus où se replacer, on sent alors qu'il y a quelque chose de sacré dans le cœur qui souffre, parce qu'il aime; on découvre combien sont profondes les racines de l'affection qu'on croyait inspirer sans la partager : et si l'on surmonte ce qu'on appelle faiblesse, c'est en détruisant en soi-même tout ce qu'on a de généreux, en déchirant tout ce qu'on a de fidèle, en sacrifiant tout ce qu'on a de noble et de bon. On se relève de cette victoire, à laquelle les indifférents et les amis applaudissent, ayant frappé de mort une portion de son âme, bravé la sympathie, abusé de la faiblesse, outragé la morale en la prenant pour prétexte de la dureté; et l'on survit à sa meilleure nature, honteux ou perverti par ce triste succès.

Tel a été le tableau[1] que j'ai voulu tracer dans *Adolphe*. Je ne sais si j'ai réussi; ce qui me ferait croire au moins à un certain mérite de vérité, c'est que presque tous ceux de mes lecteurs que j'ai rencontrés m'ont parlé d'eux-mêmes comme ayant été dans la position de mon héros. Il est vrai qu'à travers les regrets qu'ils montraient de toutes les douleurs qu'ils avaient causées perçait je ne sais quelle satisfaction de fatuité; ils aimaient à se peindre, comme ayant, de même qu'Adolphe, été poursuivis par les

---

1. Pour ce mot, qui complète « anecdote », voir l'Introduction, partie 2.

opiniâtres[1] affections qu'ils avaient inspirées, et victimes de l'amour immense qu'on avait conçu pour eux. Je crois que pour la plupart ils se calomniaient, et que si leur vanité les eût laissés tranquilles, leur conscience eût pu rester en repos.

Quoi qu'il en soit, tout ce qui concerne Adolphe m'est devenu fort indifférent ; je n'attache aucun prix à ce roman, et je répète que ma seule intention, en le laissant reparaître devant un public qui l'a probablement oublié, si tant est que jamais il l'ait connu, a été de déclarer que toute édition qui contiendrait autre chose que ce qui est renfermé dans celle-ci ne viendrait pas de moi, et que je n'en serais pas responsable.

1. Antéposition de l'adjectif épithète et, donc, mise en valeur de son sens : des affections pleines de persévérance.

AVIS DE L'ÉDITEUR[1]

Je parcourais l'Italie, il y a bien des années. Je fus arrêté dans une auberge de Cerenza[2], petit village de la Calabre, par un débordement du Neto[3]; il y avait dans la même auberge un étranger qui se trouvait forcé d'y séjourner pour la même cause. Il était fort silencieux et paraissait triste; il ne témoignait aucune impatience. Je me plaignais quelquefois à lui, comme au seul homme à qui je pusse parler dans ce lieu, du retard que notre marche éprouvait. « Il m'est égal, me répondait-il, d'être ici ou ailleurs. » Notre hôte, qui avait causé avec un domestique napolitain qui servait cet étranger sans savoir son nom, me dit qu'il ne voyageait point par curiosité,

1. Pour la fonction de l'Éditeur, voir l'Introduction, partie 4. Le texte de l'*Avis* est dans le manuscrit de Lausanne et dans la copie de Paris, ce qui prouve, selon P. Delbouille, que sa rédaction est antérieure à 1810.
2. En fait Cerenzia, bourg de Calabre, région au sud de l'Italie, dont l'aspect sauvage convient bien à la tristesse d'Adolphe (ce qui explique donc que Constant y ait situé sa rencontre avec l'Éditeur). Mais l'Italie, que Mme de Staël a longuement visitée en 1804, est également un des deux pays où se déroule *Corinne* (voir note 1, p. 71).
3. Fleuve de la région, qui se jette dans la mer Ionienne.

car il ne visitait ni les ruines, ni les sites, ni les monuments, ni les hommes. Il lisait beaucoup, mais jamais d'une manière suivie : il se promenait le soir, toujours seul, et souvent il passait les journées entières assis, immobile, la tête appuyée sur les deux mains.

Au moment où les communications, étant rétablies, nous auraient permis de partir, cet étranger tomba très malade. L'humanité me fit un devoir de prolonger mon séjour auprès de lui pour le soigner. Il n'y avait à Cerenza qu'un chirurgien de village ; je voulais envoyer à Cozenze[1] chercher des secours plus efficaces. « Ce n'est pas la peine, me dit l'étranger, l'homme que voilà est précisément ce qu'il me faut. » Il avait raison, peut-être plus qu'il ne pensait, car cet homme le guérit. « Je ne vous croyais pas si habile[2] », lui dit-il avec une sorte d'humeur en le congédiant : puis il me remercia de mes soins, et il partit.

Plusieurs mois après, je reçus à Naples une lettre de l'hôte de Cerenza, avec une cassette trouvée sur la route qui conduit à Strongoli[3], route que l'étranger et moi avions suivie, mais séparément. L'aubergiste qui me l'envoyait se croyait sûr qu'elle appartenait à l'un de nous deux. Elle renfermait beaucoup de lettres fort anciennes, sans adresses, ou dont les adresses et les signatures étaient effacées, un portrait de femme, et un cahier contenant l'anecdote ou l'histoire qu'on va lire[4]. L'étranger, propriétaire de

1. Pour Cozenza, qui existe réellement.
2. Ironie amère de l'étranger qui souhaitait mourir de sa maladie. Pour ce portrait d'Adolphe après la mort d'Ellénore, voir plus loin, note 1, p. 217.
3. Ville de la région de Catanzaro.
4. Var. : ici, au lieu du passage allant de « L'étranger [...] » à « [...] l'original », M 1 et M 2 contiennent une phrase où l'Éditeur

ces effets, ne m'avait laissé, en me quittant, aucun moyen de lui écrire ; je les conservais depuis dix ans, incertain de l'usage que je devais en faire, lorsqu'en ayant parlé par hasard à quelques personnes dans une ville d'Allemagne, l'une d'entre elles me demanda avec instance de lui confier le manuscrit dont j'étais dépositaire. Au bout de huit jours, ce manuscrit me fut renvoyé avec une lettre que j'ai placée à la fin de cette histoire, parce qu'elle serait inintelligible si on la lisait avant de connaître l'histoire elle-même.

Cette lettre m'a décidé à la publication actuelle, en me donnant la certitude qu'on ne peut offenser ni compromettre personne. Je n'ai pas changé un mot à l'original : la suppression même des noms propres ne vient pas de moi : ils n'étaient désignés que comme ils sont encore, par des lettres initiales.

dit qu'il a en outre trouvé dans la cassette des diamants, et qu'il a fait publier dans les journaux un avis pour retrouver le propriétaire, avant de se décider à la publication des papiers d'Adolphe. Le texte de l'édition de 1816 mentionne au contraire à cet endroit la lettre d'un des Allemands qui ont lu le récit d'Adolphe, ainsi que la réponse de l'Éditeur, toutes deux données en postface. La rédaction de ces deux textes est évidemment postérieure à 1810 et dut être faite en vue de l'édition de 1816.

CHAPITRE PREMIER

Je venais de finir à vingt-deux ans mes études à l'université de Gottingue[1]. — L'intention de mon père, ministre de l'électeur[2] de***, était que je parcourusse les pays les plus remarquables de l'Europe. Il voulait ensuite m'appeler auprès de lui, me faire entrer dans le département[3] dont la direction lui était confiée, et me préparer à le remplacer un jour. J'avais obtenu, par un travail assez opiniâtre, au milieu d'une vie très dissipée, des succès qui m'avaient distingué de mes compagnons d'étude, et qui avaient fait concevoir à mon père sur moi des espérances probablement fort exagérées.

Ces espérances l'avaient rendu très indulgent pour

1. Pour Göttingen, ville de l'actuelle Basse-Saxe, alors déjà célèbre pour son université, fondée en 1737. Constant a étudié également en Allemagne, mais à Erlangen, de 1781 à 1782. On a toutefois remarqué que le château familial de Charlotte de Hardenberg n'est pas très éloigné de Göttingen.
2. Jusqu'en 1806 (fin du Saint-Empire romain germanique), il y avait en Allemagne huit princes-électeurs, chargés d'élire l'Empereur. Parmi eux, quatre princes laïcs : le prince Palatin, le duc de Saxe, le duc de Bavière et, depuis 1692, le duc de Brunswick, au titre de prince-électeur de Hanovre. Or, de 1788 à 1794, Constant séjourna précisément à la cour du duc de Brunswick.
3. Partie de l'administration d'un ministère.

beaucoup de fautes que j'avais commises. Il ne m'avait jamais laissé souffrir des suites de ces fautes. Il avait toujours accordé, quelquefois prévenu[1] mes demandes à cet égard.

Malheureusement sa conduite était plutôt noble et généreuse[2] que tendre. J'étais pénétré de tous ses droits à ma reconnaissance et à mon respect; mais aucune confiance n'avait existé jamais entre nous. Il avait dans l'esprit je ne sais quoi d'ironique qui convenait mal à mon caractère. Je ne demandais alors qu'à me livrer à ces impressions primitives et fougueuses qui jettent l'âme hors de la sphère commune[3], et lui inspirent le dédain de tous les objets qui l'environnent. Je trouvais dans mon père, non pas un censeur, mais un observateur froid et caustique[4], qui souriait d'abord de pitié, et qui finissait bientôt la conversation avec impatience. Je ne me souviens pas, pendant mes dix-huit premières années, d'avoir eu jamais un entretien d'une heure avec lui[5]. Ses lettres étaient affectueuses, pleines de

1. Comprendre : « il était allé au-devant de mes demandes ».
2. Voir n. 4, p. 71. La générosité est ici distinguée de la tendresse, qui désigne une affection forte et qui se manifeste ouvertement et constamment (on parle couramment de la tendresse d'un père, d'une mère).
3. Phrase parfois jugée obscure : il s'agit des premières impressions, qui ont la violence naïve de la jeunesse, et qui font rêver d'un destin exceptionnel, que ne souhaitent pas les personnes ordinaires (sens de « sphère commune »).
4. Latin *causticus*, brûlant. Un observateur caustique est un homme dont les propos agissent « comme un fer chaud » (Littré), qui critique vivement mais sans s'attarder, et avec ironie. Constant le distingue justement du censeur, qui critique avec force une conduite et justifie son blâme.
5. Ce premier chapitre, dont le début est marqué par le portrait tout en demi-teintes du père, est en partie inspiré par la propre jeunesse de Constant, qui, dans ses écrits autobiographiques, insiste de la même façon sur le mutisme, et la froideur apparente, de son père. Voir par exemple dans *Le Cahier rouge* l'épisode de

conseils raisonnables et sensibles ; mais à peine étions-nous en présence l'un de l'autre, qu'il y avait en lui quelque chose de contraint que je ne pouvais m'expliquer, et qui réagissait sur moi d'une manière pénible[1]. Je ne savais pas alors ce que c'était[2] que la timidité, cette souffrance intérieure qui nous poursuit jusque dans l'âge le plus avancé, qui refoule sur notre cœur nos impressions les plus profondes, qui glace nos paroles, qui dénature dans notre bouche tout ce que nous essayons de dire, et ne nous permet de nous exprimer que par des mots vagues ou une ironie plus ou moins amère, comme si nous voulions nous venger sur nos sentiments mêmes de la douleur que nous éprouvons à ne pouvoir les faire connaître. Je ne savais pas que, même avec son fils, mon père était timide, et que souvent, après avoir longtemps attendu de moi quelques témoignages d'affection que sa froideur apparente semblait m'interdire, il me

---

l'arrivée du fils, une fois de plus sans argent, à Bois-le-Duc (Pays-Bas) : il y retrouve son père, attend des reproches, espère une « explication franche », mais il ne sera « question de rien » entre eux. Et Constant de poursuivre : « Ce silence, qui m'affligeait de la part de mon père, le blessait probablement de la mienne. [...] Mais dans cette occasion comme dans mille autres de ma vie, j'étais arrêté par une timidité que je n'ai jamais pu vaincre, et mes paroles expiraient sur mes lèvres, dès lors que je ne me voyais pas encouragé à continuer » (*op. cit.*, p. 163).

1. Var. : M 1 donne : « Malheureusement il y avait dans mon caractère quelque chose à la fois de contraint et de violent que je ne m'expliquais pas, et que les autres expliquaient moins encore ». L'édition de 1816 attribue ce trait au père, en supprimant toutefois l'allusion à la violence. Constant a-t-il voulu durcir davantage le portrait du père ? Ou bien, puisqu'il évoque plus bas, dans le texte de 1816 (où le mot remplace « Cette disposition »), la « contrainte » d'Adolphe, a-t-il voulu souligner implicitement une sorte d'hérédité psychologique ?

2. Imparfait *a priori* peu justifié, qui est appelé par attraction de l'imparfait de la principale (« Je ne savais pas »).

quittait les yeux mouillés de larmes, et se plaignait à d'autres de ce que je ne l'aimais pas.

Ma contrainte avec lui eut une grande influence sur mon caractère. Aussi timide que lui, mais plus agité, parce que j'étais plus jeune, je m'accoutumai à renfermer en moi-même tout ce que j'éprouvais, à ne former que des plans solitaires, à ne compter que sur moi pour leur exécution, à considérer les avis, l'intérêt, l'assistance et jusqu'à la seule présence des autres comme une gêne et comme un obstacle. Je contractai l'habitude de ne jamais parler de ce qui m'occupait, de ne me soumettre à la conversation que comme à une nécessité importune, et de l'animer alors par une plaisanterie perpétuelle qui me la rendait moins fatigante, et qui m'aidait à cacher mes véritables pensées. De là une certaine absence d'abandon qu'aujourd'hui encore mes amis me reprochent, et une difficulté de causer sérieusement que j'ai toujours peine à surmonter. Il en résulta en même temps un désir ardent d'indépendance, une grande impatience[1] des liens dont j'étais environné, une terreur invincible d'en former de nouveaux. Je ne me trouvais à mon aise que tout seul, et tel est même à présent l'effet de cette disposition d'âme, que, dans les circonstances les moins importantes, quand je dois choisir entre deux partis, la figure humaine me trouble, et mon mouvement naturel est de la fuir pour délibérer en paix. Je n'avais point cependant la profondeur d'égoïsme qu'un tel caractère paraît annoncer : tout en ne m'intéressant qu'à moi, je m'intéressais faiblement à moi-même. Je portais au fond de mon cœur un besoin de sensibilité dont je ne m'apercevais pas, mais qui, ne trouvant

1. Inquiétude, agitation causée par les liens.

point à se satisfaire, me détachait successivement de tous les objets [1] qui tour à tour attiraient ma curiosité. Cette indifférence sur tout s'était encore fortifiée par l'idée de la mort, idée qui m'avait frappé très jeune, et sur laquelle je n'ai jamais conçu que les hommes s'étourdissent [2] si facilement. J'avais à l'âge de dix-sept ans vu mourir une femme âgée, dont l'esprit, d'une tournure remarquable et bizarre, avait commencé à développer le mien [3]. Cette femme, comme tant d'autres, s'était, à l'entrée de sa carrière [4], lancée vers le monde, qu'elle ne connaissait pas, avec le sentiment d'une grande force d'âme et de facultés vraiment puissantes. Comme tant d'autres aussi, faute de s'être pliée à des convenances factices, mais nécessaires, elle avait vu ses espérances trompées, sa jeunesse passer sans plaisir ; et la vieillesse enfin l'avait atteinte sans la soumettre. Elle vivait dans un château voisin d'une de nos terres,

1. Vu le contexte (« sensibilité », « cœur »), le mot semble désigner ici, comme dans la langue du XVIIe siècle, tout ce qui suscite l'intérêt ou l'amour.
2. S'étourdir sur quelque chose : y penser le moins possible. Pour cette première expérience de la mort, voir l'Introduction, partie 4.
3. Cette liaison plutôt platonique paraît renvoyer à celle, plus intime, que Constant noua en 1786, à dix-neuf ans, avec Mme de Charrière, romancière connue, plus âgée que lui de vingt-sept ans. Il l'évoque dans Le Cahier rouge, en des termes proches de ceux d'Adolphe, louant l'« esprit » de Mme de Charrière, et disant qu'ils passaient « des jours et des nuits à parler ensemble » (op. cit., p. 141 et 135). Mme de Charrière mourut en 1805, et Constant, qui avait alors vingt-huit ans (et non dix-sept comme Adolphe), note dans son journal, le 30 décembre : « Je perds encore en elle une amie qui m'a tendrement aimé, un asile, si j'en avais eu besoin, un cœur qui, blessé par moi, ne s'en était jamais détaché » (op. cit., p. 560). Mais Le Cahier rouge ne mentionne pas de conversations sur la mort.
4. Ici, par extension du sens premier (lieu fermé pour les courses de chevaux), le champ des diverses activités de la vie.

mécontente et retirée, n'ayant que son esprit pour ressource, et analysant tout avec son esprit. Pendant près d'un an, dans nos conversations inépuisables, nous avions envisagé la vie sous toutes ses faces, et la mort toujours pour terme de tout; et après avoir tant causé de la mort avec elle, j'avais vu la mort la frapper à mes yeux.

Cet événement m'avait rempli d'un sentiment d'incertitude sur la destinée, et d'une rêverie vague [1] qui ne m'abandonnait pas. Je lisais de préférence dans les poètes ceux qui rappelaient la brièveté de la vie humaine [2]. Je trouvais qu'aucun but ne valait la peine d'aucun effort [3]. Il est assez singulier que cette impression se soit affaiblie précisément à mesure que les années se sont accumulées sur moi. Serait-ce parce qu'il y a dans l'espérance quelque chose de douteux, et que, lorsqu'elle se retire de la carrière de l'homme, cette carrière prend un caractère plus sévère, mais plus positif [4]? Serait-ce que la vie semble d'autant plus réelle, que toutes les illusions disparaissent comme la cime des rochers se dessine mieux dans l'horizon lorsque les nuages se dissipent?

1. Première manifestation de cette mélancolie de la jeunesse, décrite par Chateaubriand dans *René*, sous le nom de « état du *vague* des passions », état propre à l'homme moderne à qui le christianisme n'apporte plus de remède et qui, désenchanté, ne trouve dans le monde plus aucun motif d'espoir. Dans cette souffrance sourde, la certitude de la mort joue évidemment un grand rôle et tourne souvent à l'obsession, sinon à la morbidité.

2. Souvenir du *De brevitate vitæ*, un des *Dialogues* de Sénèque.

3. Effet d'insistance de la répétition de « aucun », figure surtout utilisée lorsque le narrateur traite, sur le mode lyrique, d'un sujet important (voir notre *Introduction*).

4. Comprendre que l'homme vieillissant est moins hanté par la mort, parce qu'il a perdu ses espérances (dites « douteuses » parce qu'elles sont sans contenu précis), et que la carrière l'engage plus profondément dans les réalités de la vie.

Je me rendis, en quittant Gottingue, dans la petite ville de D***[1]. Cette ville était la résidence d'un prince qui, comme la plupart de ceux de l'Allemagne, gouvernait avec douceur un pays de peu d'étendue, protégeait les hommes éclairés qui venaient s'y fixer, laissait à toutes les opinions une liberté parfaite, mais qui, borné par l'ancien usage à la société de ses courtisans, ne rassemblait par là même autour de lui que des hommes en grande partie insignifiants ou médiocres. Je fus accueilli dans cette cour avec la curiosité qu'inspire naturellement tout étranger qui vient rompre le cercle de la monotonie et de l'étiquette[2]. Pendant quelques mois je ne remarquai rien qui pût captiver mon attention. J'étais reconnaissant de l'obligeance qu'on me témoignait ; mais tantôt ma timidité m'empêchait d'en profiter, tantôt la fatigue d'une agitation sans but me faisait préférer la solitude aux plaisirs insipides que l'on m'invitait à partager. Je n'avais de haine contre personne, mais peu de gens m'inspiraient de l'intérêt ; or les hommes se blessent[3] de l'indifférence, ils l'attribuent à la malveillance ou à l'affectation ; ils ne veulent pas croire

1. Constant décrit ici l'atmosphère des petites cours princières d'Allemagne au XVIIIᵉ siècle, qu'il connaissait bien (voir *supra*, note 2, p. 85), et qui, comme celle de Brunswick, dont G. Rudler a restitué le climat (*La Jeunesse de Benjamin Constant*, Paris, A. Colin, 1909, pp. 292-303), étaient tout imprégnées de culture française et de l'idéologie des Lumières (allusion nette dans l'expression « hommes éclairés »).
2. Les usages, le rituel de la cour, souvent imités en Allemagne de ceux de Versailles.
3. Deux analyses syntaxiques possibles pour cette partie de phrase : ou bien « se blesser de... », avec le sens fort de « s'offenser de... », est simplement un verbe pronominal ; ou bien il s'agit, selon un tour fréquent dans la langue classique, d'un pronominal de sens passif, suivi de la préposition « de », qui, d'un usage plus libre qu'aujourd'hui, a le sens de « par ». Cette seconde hypothèse semble plus plausible.

qu'on s'ennuie[1] avec eux naturellement. Quelquefois je cherchais à contraindre[2] mon ennui; je me réfugiais dans une taciturnité profonde : on prenait cette taciturnité pour du dédain. D'autres fois, lassé moi-même de mon silence, je me laissais aller à quelques plaisanteries, et mon esprit, mis en mouvement, m'entraînait au-delà de toute mesure. Je révélais en un jour tous les ridicules[3] que j'avais observés durant un mois. Les confidents de mes épanchements subits et involontaires ne m'en savaient aucun gré, et avaient raison : car c'était le besoin de parler qui me saisissait, et non la confiance. J'avais contracté dans mes conversations avec la femme qui la première avait développé mes idées, une insurmontable aversion pour toutes les maximes communes et pour toutes les formules dogmatiques[4]. Lors donc que j'entendais la médiocrité disserter avec complaisance sur des principes bien établis, bien[5] incontestables en fait de morale, de conve-

---

1. S'ennuyer : sens presque pascalien, ne trouver, douloureusement, que du vide dans la fréquentation des hommes. Comparer avec la maxime 141 de La Rochefoucauld (édition de 1678) : « Nous nous vantons souvent de ne nous point ennuyer, et nous sommes si glorieux que nous ne voulons pas nous trouver de mauvaise compagnie », *Œuvres complètes*, édition L. Martin-Chauffier, revue et augmentée par J. Marchand, Paris, Gallimard, « Bibliothèque de la Pléiade », 1957, p. 425.
2. Comprimer, limiter les effets de l'ennui.
3. Les choses ridicules. Observation à rapprocher de celle du *Cahier rouge* : « [...] je disais tout ce qui me passait par la tête, [...] je me moquais de tout le monde, [...] je soutenais avec assez d'esprit les opinions les plus biscornues » (*op. cit.*, p. 125).
4. Même remarque dans *Le Cahier rouge*, où Constant évoque l'influence qu'eut sur lui le « mépris pour les préjugés » que manifestait Mme de Charrière (*op. cit.*, p. 135). « Formules dogmatiques » : expressions d'idées affirmées de manière tranchante, sans réflexion critique.
5. Adverbe pris par antiphrase : en fait, ces principes varient selon les sociétés (selon une idée chère au XVIIIe siècle et à Mme de

nances ou de religion, choses qu'elle met assez volontiers sur la même ligne, je me sentais poussé à la contredire : non que j'eusse adopté des opinions opposées, mais parce que j'étais impatienté[1] d'une conviction si ferme et si lourde. Je ne sais quel instinct m'avertissait d'ailleurs de me défier de ces axiomes généraux si exempts de toute restriction, si purs de toute nuance. Les sots font de leur morale une masse compacte et indivisible, pour qu'elle se mêle le moins possible avec leurs actions et les laisse libres dans tous les détails.

Je me donnai bientôt par cette conduite une grande réputation de légèreté, de persiflage, de méchanceté. Mes paroles amères furent considérées comme des preuves d'une âme haineuse, mes plaisanteries comme des attentats contre tout ce qu'il y avait de plus respectable. Ceux dont j'avais eu le tort de me moquer trouvaient commode de faire cause commune avec les principes qu'ils m'accusaient de révoquer en doute[2] : parce que, sans le vouloir, je les avais fait rire aux dépens les uns des autres, tous se réunirent contre moi. On eût dit qu'en faisant remarquer leurs ridicules, je trahissais une confidence qu'ils m'avaient faite ; on eût dit qu'en se montrant à mes yeux tels qu'ils étaient, ils avaient obtenu de ma part la promesse du silence : je n'avais point la conscience d'avoir accepté ce traité trop onéreux[3]. Ils avaient trouvé du plaisir à se donner ample carrière[4] : j'en trouvais à les observer et à les décrire ; et

Staël). Même nuance pour le « si », plus bas, dans « si exempts de toute restriction ».
    1. L'adjectif a ici le sens de « affecté douloureusement ».
    2. Contester, mettre en doute.
    3. Sens figuré : trop coûteux.
    4. Se donner carrière : s'ouvrir un champ libre.

ce qu'ils appelaient une perfidie me paraissait un dédommagement tout innocent et très légitime.

Je ne veux point ici me justifier[1] : j'ai renoncé depuis longtemps à cet usage frivole et facile d'un esprit sans expérience ; je veux simplement dire, et cela pour d'autres que pour moi qui suis maintenant à l'abri du monde, qu'il faut du temps pour s'accoutumer à l'espèce humaine, telle que l'intérêt, l'affectation, la vanité, la peur, nous l'ont faite. L'étonnement de la première jeunesse, à l'aspect d'une société si factice et si travaillée[2], annonce plutôt un cœur naturel qu'un esprit méchant[3]. Cette société d'ailleurs n'a rien à en craindre. Elle pèse tellement sur nous, son influence sourde est tellement puissante, qu'elle ne tarde pas à nous façonner d'après le moule universel. Nous ne sommes plus surpris alors que de notre ancienne surprise, et nous nous trouvons bien sous notre nouvelle forme, comme l'on finit par respirer librement dans un spectacle encombré par la foule, tandis qu'en y entrant on n'y respirait qu'avec effort[4].

1. Exemple, parmi d'autres (voir l'Introduction, partie 4) de ce *présent de l'écriture* qui marque non seulement la distance temporelle entre les événements et le moment où ils sont racontés, mais aussi la capacité de synthèse que ce recul a donnée au narrateur. C'est alors seulement que celui-ci peut faire le bilan de sa vie.
2. Signifie : si complexe, en contraste avec la simplicité de la nature. L'adjectif prolonge « factice ».
3. Sens du xviie siècle : vicieux, porté à faire le mal.
4. Bien qu'il soit d'abord inspiré par les idées de Rousseau sur l'opposition entre l'état de nature et la société, ce passage sur les transformations qu'imposent les usages sociaux développe également des thèmes chers à certains penseurs du xvie et du xviie siècle, par exemple, Montaigne et Pascal (voir notamment ce que dit ce dernier dans les *Pensées*, sur la coutume, « seconde nature qui détruit la première »). Noter également l'image du spectacle et de la foule. Or Adolphe aspire précisément à s'échapper de la « sphère commune » (voir note 3, p. 86).

Si quelques-uns échappent à cette destinée générale, ils renferment en eux-mêmes leur dissentiment[1] secret; ils aperçoivent dans la plupart des ridicules le germe des vices : ils n'en plaisantent plus, parce que le mépris remplace la moquerie, et que le mépris est silencieux.

Il s'établit donc, dans le petit public[2] qui m'environnait, une inquiétude vague sur mon caractère. On ne pouvait citer aucune action condamnable; on ne pouvait même m'en contester quelques-unes qui semblaient annoncer de la générosité ou du dévouement; mais on disait que j'étais un homme immoral, un homme peu sûr : deux épithètes heureusement inventées pour insinuer les faits qu'on ignore, et laisser deviner ce qu'on ne sait pas.

1. Différence dans la manière de voir ou de sentir les choses.
2. Mot qui a chez Constant un sens très particulier et peu connu chez d'autres écrivains : le « public », c'est en principe ou le peuple en général, ou une assemblée de personnes réunies pour assister à un spectacle, à une représentation théâtrale, etc. Mais, pour Adolphe, le public, c'est son entourage immédiat, le monde dans lequel il vit. Est-ce parce que ce « petit » monde *regarde* Adolphe l'étranger, et le dévisage?

CHAPITRE II

Distrait, inattentif, ennuyé[1], je ne m'apercevais point de l'impression que je produisais, et je partageais mon temps entre des études que j'interrompais souvent, des projets que je n'exécutais pas, des plaisirs qui ne m'intéressaient guère, lorsqu'une circonstance très frivole en apparence, produisit dans ma disposition[2] une révolution importante.

Un jeune homme avec lequel j'étais assez lié cherchait depuis quelques mois à plaire à l'une des femmes les moins insipides de la société dans laquelle nous vivions : j'étais le confident très désintéressé de son entreprise. Après de longs efforts il parvint à se faire aimer ; et comme il ne m'avait point caché ses revers et ses peines, il se crut obligé de me communiquer ses succès : rien n'égalait ses transports[3] et l'excès de sa joie. Le spectacle d'un tel bon-

1. Trois adjectifs qui définissent la misanthropie du héros (pour le sens étymologique de « distrait », voir note 4, p. 72; pour « ennuyé », voir note 1, p. 92).
2. Mot employé sans complément déterminatif; il signifie : « ma disposition d'âme ».
3. Sens figuré : mouvement de passion, qui nous jette hors de nous-même.

heur me fit regretter de n'en avoir pas essayé encore[1]; je n'avais point eu jusqu'alors de liaison de femme qui pût flatter mon amour-propre[2]; un nouvel avenir parut se dévoiler à mes yeux; un nouveau besoin se fit sentir au fond de mon cœur. Il y avait dans ce besoin beaucoup de vanité sans doute, mais il n'y avait pas uniquement de la vanité; il y en avait peut-être moins que je ne le croyais moi-même. Les sentiments de l'homme sont confus et mélangés; ils se composent d'une multitude d'impressions variées qui échappent à l'observation; et la parole, toujours trop grossière et trop générale, peut bien servir à les désigner, mais ne sert jamais à les définir[3].

J'avais, dans la maison de mon père, adopté sur les femmes un système assez immoral. Mon père, bien qu'il observât strictement les convenances extérieures, se permettait assez fréquemment des propos

---

1. Cette affirmation sur la fonction du mimétisme dans la naissance de l'amour paraît inspirée de la maxime 136 (édition de 1678), de La Rochefoucauld : « Il y a des gens qui n'auraient jamais été amoureux, s'ils n'avaient jamais entendu parler de l'amour » (*op. cit.*, p. 425).

2. Var. : M 1 donne ici : « J'avais partagé les plaisirs faciles et peu glorieux de mes camarades. » Puis, Constant a barré cette phrase pour la remplacer par celle qui fait allusion à l'« amour-propre », et qu'on a rapprochée d'un aveu du *Cahier rouge*, où Constant écrit ceci, à propos d'une de ses premières liaisons féminines : « Mais je voulus me donner la gloire d'avoir une maîtresse » (*op. cit.*, p. 125). La nouvelle formulation est beaucoup plus dure, si on se rappelle que Pascal dit que la « nature » de l'amour-propre « est de n'aimer que soi et de ne considérer que soi » (*Pensées*).

3. Nuance importante sur le pouvoir du langage, et ses limites (voir l'Introduction, partie 3) : le langage nomme les choses, mais, contrairement à ce que pensent certains philosophes idéalistes (par exemple, Hegel), nommer n'est pas « définir » (expliquer). La réflexion de Constant souligne la complexité de la psychologie humaine, où les sentiments sont « confus » (indistincts) et « mélangés » (divers).

légers sur les liaisons d'amour : il les regardait comme des amusements, sinon permis, du moins excusables, et considérait le mariage seul sous un rapport sérieux[1]. Il avait pour principe, qu'un jeune homme doit éviter avec soin de faire ce qu'on nomme une folie, c'est-à-dire de contracter un engagement durable avec une personne qui ne fût[2] pas parfaitement son égale pour la fortune, la naissance[3] et les avantages extérieurs ; mais du reste[4], toutes les femmes, aussi longtemps qu'il ne s'agissait pas de les épouser, lui paraissaient pouvoir, sans inconvénient, être prises, puis être quittées ; et je l'avais vu sourire avec une sorte d'approbation à cette parodie[5] d'un mot connu : *Cela leur fait si peu de mal, et à nous tant de plaisir !*

L'on ne sait pas assez combien, dans la première jeunesse, les mots de cette espèce font une impression profonde, et combien à un âge où toutes les opinions sont encore douteuses et vacillantes, les enfants s'étonnent de voir contredire par des plai-

---

1. « [...] et considérait le mariage seul sous un rapport sérieux » : voici une de ces formules que Sainte-Beuve, assez critique à l'égard du style de Constant, trouvait peu heureuse (*Causeries du lundi*, Paris, Garnier, s.d., t. XIV, p. 163).
2. Le mode du subjonctif est ici logique parce que la relative a un sens final ; le temps — l'imparfait — l'est moins et ne s'explique, en vertu de la concordance des temps, que par l'imparfait de l'indicatif de la principale (« Il avait pour principe [...] »).
3. Avoir de la naissance se dit alors de personnes nobles, nées dans une famille illustre.
4. Mais pour ce qui est du reste.
5. La « parodie » (étymologiquement : « chant à côté de l'ode », chant qui reprend l'ode, genre noble, pour s'en moquer) cite un texte sérieux auquel elle donne un sens risible. Ce mot « connu » est d'une « femme » parlant des hommes — « Cela *nous* fait si peu de mal, et à *eux* tant de plaisir » —, dit P. Delbouille, qui ne donne toutefois pas l'identité de cette femme (édition citée, p. 222). La déclaration est en tout cas typique d'une conception libertine de l'amour.

santeries que tout le monde applaudit, les règles
directes qu'on leur a données. Ces règles ne sont plus
à leurs yeux que des formules banales que leurs
parents sont convenus de leur répéter pour l'acquit
de leur conscience, et les plaisanteries leur semblent
renfermer le véritable secret de la vie.

Tourmenté d'une émotion vague[1], je veux être
aimé, me disais-je, et je regardais autour de moi ; je
ne voyais personne qui m'inspirât de l'amour, personne qui me parût susceptible d'en prendre ; j'inter-
rogeais mon cœur et mes goûts : je ne me sentais
aucun mouvement de préférence. Je m'agitais ainsi
intérieurement, lorsque je fis connaissance avec le
comte de P***, homme de quarante ans, dont la
famille était alliée à la mienne. Il me proposa de
venir le voir. Malheureuse visite[2] ! Il avait chez lui sa
maîtresse, une Polonaise, célèbre par sa beauté,
quoiqu'elle ne fût plus de la première jeunesse. Cette
femme, malgré sa situation désavantageuse, avait
montré, dans plusieurs occasions, un caractère distingué. Sa famille, assez illustre en Pologne, avait été
ruinée dans les troubles de cette contrée[3]. Son père

1. Cette expression illustre ce fameux « vague des passions »
analysé par Chateaubriand, et par Senancour dans *Oberman*
(1804).
2. Var. : M 1 donne à la suite : « qui a empoisonné les huit plus
belles années de [toute, en interligne] ma vie », tous mots barrés,
ce qui est justifié, car ils ne correspondent ni à la durée de la liaison d'Adolphe et d'Ellénore (trois ans), ni au ton d'ensemble de
l'œuvre. L'expression « Malheureuse visite ! » est au demeurant
suffisamment parlante, et elle constitue le premier indice annonçant au lecteur l'issue fatale de l'amour.
3. Depuis le xviiᵉ siècle, la Pologne, vaste royaume
(850 000 km²), qui avait connu un grand essor au xviᵉ siècle, était
en proie à l'anarchie, à cause, d'une part, de l'opposition des
nobles au pouvoir royal (monarchie élective), et, d'autre part, des
luttes religieuses opposant les catholiques, majoritaires, aux
populations protestantes et orthodoxes. En 1768, la guerre civile
éclata entre catholiques et orthodoxes, ceux-ci traditionnellement

avait été proscrit; sa mère était allée chercher un asile en France, et y avait mené sa fille[1], qu'elle avait laissée, à sa mort, dans un isolement complet. Le comte de P*** en était devenu amoureux. J'ai toujours ignoré comment s'était formée une liaison qui, lorsque j'ai vu pour la première fois Ellénore, était, dès longtemps[2], établie et pour ainsi dire consacrée. La fatalité de sa situation ou l'inexpérience de son âge l'avaient-elles jetée dans une carrière qui répugnait également à son éducation, à ses habitudes, et à la fierté qui faisait une partie très remarquable[3] de son caractère? Ce que je sais, ce que tout le monde a su, c'est que la fortune du comte de P*** ayant été presque entièrement détruite, et sa liberté menacée,

soutenus par la Russie. Celle-ci souhaitait aussi qu'on maintînt l'ancienne Constitution, qui favorisait l'anarchie. La guerre civile aboutit en 1772 au premier démembrement de la Pologne, partagée entre la Prusse, la Russie et l'Autriche. En 1791, la Diète (parlement) tenta d'instaurer une monarchie héréditaire, contre la volonté de certains nobles polonais, soutenus par la Russie. Le père d'Ellénore est de ceux-ci (voir note 3, p. 158). C'est vraisemblablement à ce conflit que Constant fait allusion, conflit qui aboutit, en 1793, à un second partage et, en 1795, à la ruine totale de l'État polonais. Nombre de Polonais se tournèrent alors vers la France, amie depuis longtemps de la Pologne.

1. Var. : Comparer avec ce que M 1 et M 2 contiennent ici : « Ellénore, c'était son nom, soit imprudence, soit passion, soit malheur de circonstances, avait eu, dans son âge fort tendre, une aventure d'éclat, dont les détails me sont restés inconnus. La mort de sa mère qui avait suivi de près cet événement, avait contribué, en la laissant dans un isolement complet, à la jeter dans une carrière qui répugnait également à son éducation, à ses habitudes, et à la fierté qui faisait une partie très remarquable de son caractère. Le comte... » La suppression de l'allusion à cette première liaison montre que Constant n'a pas voulu noircir le portrait d'Ellénore (voir aussi note 1, p. 115).

2. Pour « depuis longtemps », locution adverbiale maintenant plutôt archaïque. Noter aussi la nuance entre liaison « établie » (liaison qui dure depuis longtemps) et liaison « consacrée » (reconnue par la société).

3. Sens étymologique : qui se remarque à la vue.

Ellénore lui avait donné de telles preuves de dévouement, avait rejeté avec un tel mépris les offres les plus brillantes, avait partagé ses périls et sa pauvreté avec tant de zèle et même de joie, que la sévérité la plus scrupuleuse ne pouvait s'empêcher de rendre justice à la pureté de ses motifs et au désintéressement de sa conduite[1]. C'était à son activité, à son courage, à sa raison, aux sacrifices de tout genre qu'elle avait supportés sans se plaindre, que son amant devait d'avoir recouvré une partie de ses biens. Ils étaient venus s'établir à D*** pour y suivre un procès qui pouvait rendre entièrement au comte de P*** son ancienne opulence, et comptaient y rester environ deux ans.

Ellénore n'avait qu'un esprit ordinaire; mais ses idées étaient justes, et ses expressions[2], toujours simples, étaient quelquefois frappantes par la noblesse et l'élévation de ses sentiments. Elle avait beaucoup de préjugés; mais tous ses préjugés étaient en sens inverse de son intérêt[3]. Elle attachait le plus grand prix à la régularité de la conduite, précisément parce que la sienne n'était pas régulière suivant les notions reçues. Elle était très religieuse, parce que la religion condamnait rigoureusement son genre de

1. Éloge qui serait pour certains spécialistes une allusion au dévouement d'Anna Lindsay, dont Constant s'éprit en 1800, et qui soutint son amant, Auguste de Lamoignon, pendant les troubles de la Terreur (voir l'Introduction, partie 2).
2. « Expressions » de ses « idées » : le mot est synonyme de « langage ». Et le langage compte dans ce portrait d'Ellénore, portrait non pas physique, mais social, où elle est vue uniquement dans ses rapports avec un milieu où sa position est contradictoire (voir l'Introduction, partie 3).
3. Phrase presque identique dans le journal de Constant (28 juillet 1804), à propos d'Anna Lindsay : les « préjugés qu'elle a adoptés, par un motif généreux, en sens inverse de son intérêt » (op. cit., p. 344).

vie[1]. Elle repoussait sévèrement dans la conversation tout ce qui n'aurait paru à d'autres femmes que des plaisanteries innocentes, parce qu'elle craignait toujours qu'on ne se crût autorisé par son état à lui en adresser de déplacées. Elle aurait désiré ne recevoir chez elle que des hommes du rang le plus élevé et de mœurs irréprochables, parce que les femmes à qui elle frémissait d'être comparée se forment d'ordinaire une société mélangée, et, se résignant à la perte de la considération, ne cherchent dans leurs relations que l'amusement. Ellénore, en un mot, était en lutte constante avec sa destinée. Elle protestait, pour ainsi dire, par chacune de ses actions et de ses paroles, contre la classe dans laquelle elle se trouvait rangée : et comme elle sentait que la réalité était plus forte qu'elle, et que ses efforts ne changeaient rien à sa situation, elle était fort malheureuse. Elle élevait deux enfants qu'elle avait eus du comte de P***, avec une austérité excessive[2]. On eût dit quelquefois qu'une révolte secrète se mêlait à l'attachement plutôt passionné que tendre[3] qu'elle leur montrait, et les lui rendait en quelque sorte importuns. Lorsqu'on lui faisait à bonne intention quelque remarque sur ce que ses enfants grandissaient, sur les talents qu'ils

1. Ellénore vit avec le comte de P*** en concubinage public, situation interdite, surtout par l'Église qui y voit une cause de scandale.
2. La place du complément circonstanciel de manière, en fin de phrase et à côté de « Comte de P*** », « prête à sourire », selon Raymond Queneau (édition d'*Adolphe*, Paris, Mazenod, 1957). Ce n'est pas certain, même si Constant eût mieux fait d'antéposer ce complément : « elle élevait avec une austérité excessive deux enfants [...] ».
3. Comme dans le cas du père d'Adolphe (voir note 2, p. 86), Constant distingue la tendresse des autres marques d'affection : ici, de l'attitude « passionnée » qui est trop excessive et spectaculaire pour ne pas cacher un malaise intérieur.

promettaient d'avoir, sur la carrière qu'ils auraient à suivre, on la voyait pâlir de l'idée qu'il faudrait qu'un jour elle leur avouât leur naissance. Mais le moindre danger, une heure d'absence, la ramenait à eux avec une anxiété où l'on démêlait une espèce de remords, et le désir de leur donner par ses caresses le bonheur qu'elle n'y trouvait pas elle-même. Cette opposition entre ses sentiments et la place qu'elle occupait dans le monde avait rendu son humeur fort inégale. Souvent elle était rêveuse et taciturne ; quelquefois elle parlait avec impétuosité. Comme elle était tourmentée d'une idée particulière, au milieu de la conversation la plus générale, elle ne restait jamais parfaitement calme. Mais, par cela même, il y avait dans sa manière quelque chose de fougueux et d'inattendu qui la rendait plus piquante[1] qu'elle n'aurait dû l'être naturellement. La bizarrerie de sa position suppléait en elle à la nouveauté des idées. On l'examinait avec intérêt et curiosité comme un bel orage[2].

Offerte à mes regards dans un moment où mon cœur avait besoin d'amour, ma vanité de succès[3], Ellénore me parut une conquête digne de moi. Elle-même trouva du plaisir dans la société d'un homme différent de ceux qu'elle avait vus jusqu'alors. Son

1. Pour cet adjectif, on hésite entre le sens plutôt péjoratif (qui fait une impression semblable à une piqûre, qui est légèrement mordant), et un sens plus positif (plein de vivacité et d'agrément).
2. Ellénore sera bientôt au centre de scènes orageuses, et cette comparaison prise dans la nature souligne bien, dans sa valeur légèrement oxymorique, son caractère emporté.
3. Construction curieuse, où « ma vanité de succès », qui est ajouté en marge dans M 1, et qui signifie : « mon désir orgueilleux, sans fondement réel, de succès » (à rapprocher de ce que Constant dit dans la préface, au sujet de la « fatuité » de sa génération, voir l'Introduction, partie 4), est une apposition à « amour ».

cercle s'était composé de quelques amis ou parents de son amant et de leurs femmes, que l'ascendant du comte de P*** avait forcées à recevoir sa maîtresse. Les maris étaient dépourvus de sentiments aussi bien que d'idées; les femmes ne différaient de leurs maris que par une médiocrité plus inquiète et plus agitée, parce qu'elles n'avaient pas, comme eux, cette tranquillité d'esprit qui résulte de l'occupation et de la régularité des affaires. Une plaisanterie plus légère, une conversation plus variée, un mélange particulier de mélancolie et de gaieté, de découragement et d'intérêt, d'enthousiasme et d'ironie, étonnèrent et attachèrent Ellénore. Elle parlait plusieurs langues, imparfaitement à la vérité, mais toujours avec vivacité, quelquefois avec grâce. Ses idées semblaient se faire jour à travers les obstacles, et sortir de cette lutte plus agréables, plus naïves et plus neuves; car les idiomes étrangers rajeunissent les pensées [1], et les débarrassent de ces tournures qui les font paraître tour à tour communes et affectées. Nous lisions ensemble des poètes anglais; nous nous promenions ensemble. J'allais souvent la voir le matin; j'y retournais le soir; je causais avec elle sur mille sujets.

Je pensais faire, en observateur froid et impartial, le tour de son caractère et de son esprit; mais chaque mot qu'elle disait me semblait revêtu d'une grâce inexplicable. Le dessein de lui plaire, mettant dans ma vie un nouvel intérêt, animait mon existence d'une manière inusitée. J'attribuais à son charme [2] cet effet presque magique : j'en aurais joui

1. Cet hommage à une Ellénore polyglotte, attentive aux autres cultures, est à souligner, à un moment où le livre de Mme de Staël, *De la littérature* (1800), explique aux Français que la littérature nordique est tout aussi importante que la leur.
2. Comme le montre « effet presque magique », « charme », qui

plus complètement encore sans l'engagement que j'avais pris envers mon amour-propre. Cet amour-propre était en tiers entre Ellénore et moi. Je me croyais comme obligé de marcher au plus vite vers le but que je m'étais proposé : je ne me livrais donc pas sans réserve à mes impressions. Il me tardait d'avoir parlé, car il me semblait que je n'avais qu'à parler pour réussir[1]. Je ne croyais point aimer Ellénore ; mais déjà je n'aurais pu me résigner à ne pas lui plaire. Elle m'occupait sans cesse : je formais mille projets ; j'inventais mille moyens de conquête, avec cette fatuité[2] sans expérience qui se croit sûre du succès parce qu'elle n'a rien essayé.

Cependant une invincible timidité m'arrêtait : tous mes discours expiraient sur mes lèvres, ou se terminaient tout autrement que je ne l'avais projeté. Je me débattais intérieurement : j'étais indigné contre moi-même.

Je cherchai enfin un raisonnement qui pût me tirer de cette lutte avec honneur à mes propres yeux. Je me dis qu'il ne fallait rien précipiter, qu'Ellénore était trop peu préparée à l'aveu que je méditais, et qu'il valait mieux attendre encore. Presque toujours, pour vivre en repos avec nous-mêmes, nous travestissons en calculs et en systèmes nos impuissances

veut dire ici simplement « attrait », commence, au début du XIXe siècle, à perdre son sens fort, usuel au XVIIe (« influence irrésistible, ensorcellement », du latin *carmen*, « formule magique », « poème »).

1. Var. : M 1 et M 2 donnent : « pour être heureux ». « Réussir » correspond mieux au champ sémantique de la conquête qui caractérise cette page — par exemple, « marcher [...] vers le but », « je formais mille projets », « qui pût me tirer de cette lutte », « combinaisons » —, et qui, à la fois traditionnel et propre à la conception libertine, sert pour l'instant à décrire la naissance de l'amour.

2. Pour ce mot, voir l'Introduction, partie 4.

ou nos faiblesses : cela satisfait cette portion de nous qui est, pour ainsi dire, spectatrice de l'autre.

Cette situation se prolongea. Chaque jour, je fixais le lendemain comme l'époque invariable d'une déclaration positive[1], et chaque lendemain s'écoulait comme la veille. Ma timidité me quittait dès que je m'éloignais d'Ellénore; je reprenais alors mes plans habiles et mes profondes combinaisons : mais à peine me retrouvais-je auprès d'elle, que je me sentais de nouveau tremblant et troublé. Quiconque aurait lu dans mon cœur, en son absence, m'aurait pris pour un séducteur[2] froid et peu sensible; quiconque m'eût aperçu à ses côtés eût cru reconnaître en moi un amant[3] novice, interdit[4] et passionné. L'on se serait également trompé dans ces deux jugements : il n'y a point d'unité complète dans l'homme, et presque jamais personne n'est tout à fait sincère ni tout à fait de mauvaise foi.

Convaincu par ces expériences réitérées que je n'aurais jamais le courage de parler à Ellénore, je me déterminai à lui écrire[5]. Le comte de P*** était absent. Les combats que j'avais livrés longtemps à mon propre caractère, l'impatience que j'éprouvais de n'avoir pu le surmonter, mon incertitude sur le succès de ma tentative, jetèrent dans ma lettre une

1. En bonne et due forme.
2. Celui qui conduit à côté, hors du droit chemin.
3. Celui qui est amoureux d'une femme.
4. Étonné, frappé de stupeur, au point de ne savoir quoi dire.
5. Faute d'oser parler, le créateur d'Adolphe se servait souvent, lui aussi, de ce moyen pour manifester sa flamme. Voir, dans *Le Cahier rouge*, le passage où il décrit sa liaison avec Mme Trevor, femme de l'ambassadeur d'Angleterre auprès de la cour de Turin : « Je lui écrivis une belle lettre pour lui déclarer que j'étais amoureux d'elle » (*op. cit.*, p. 130). Ce qui suit immédiatement dans *Adolphe* (la passion qui naît de l'acte d'écrire, la réponse prudente d'Ellénore) est peut-être inspiré par cet épisode du *Cahier rouge*.

agitation qui ressemblait fort à l'amour. Échauffé d'ailleurs que j'étais par mon propre style, je ressentais, en finissant d'écrire, un peu de la passion que j'avais cherché à exprimer avec toute la force possible.

Ellénore vit dans ma lettre ce qu'il était naturel d'y voir, le transport passager d'un homme qui avait dix ans de moins qu'elle, dont le cœur s'ouvrait à des sentiments qui lui étaient encore inconnus, et qui méritait plus de pitié que de colère. Elle me répondit avec bonté, me donna des conseils affectueux, m'offrit une amitié sincère, mais me déclara que, jusqu'au retour du comte de P***, elle ne pourrait me recevoir.

Cette réponse me bouleversa. Mon imagination, s'irritant de l'obstacle, s'empara de toute mon existence. L'amour, qu'une heure auparavant je m'applaudissais de feindre, je crus tout à coup l'éprouver avec fureur. Je courus chez Ellénore; on me dit qu'elle était sortie. Je lui écrivis; je la suppliai de m'accorder une dernière entrevue; je lui peignis en termes déchirants mon désespoir, les projets funestes[1] que m'inspirait sa cruelle détermination. Pendant une grande partie du jour, j'attendis vainement une réponse. Je ne calmai mon inexprimable souffrance qu'en me répétant que le lendemain je braverais toutes les difficultés pour pénétrer jusqu'à Ellénore et pour lui parler. On m'apporta le soir quelques mots d'elle : ils étaient doux[2]. Je crus y remarquer une impression de regret et de tristesse; mais elle persistait dans sa résolution, qu'elle

1. Ici : « qui apportent la mort ».
2. Concision peut-être inspirée de l'expression « billet doux », mais qui veut tout dire : Ellénore commence déjà de céder.

m'annonçait comme inébranlable. Je me présentai de nouveau chez elle le lendemain. Elle était partie pour une campagne[1] dont ses gens[2] ignoraient le nom. Ils n'avaient même aucun moyen de lui faire parvenir des lettres.

Je restai longtemps immobile à sa porte, n'imaginant plus aucune chance de la retrouver. J'étais étonné moi-même de ce que je souffrais. Ma mémoire me retraçait les instants où je m'étais dit que je n'aspirais qu'à un succès ; que ce n'était qu'une tentative à laquelle je renoncerais sans peine. Je ne concevais rien à la douleur violente, indomptable, qui déchirait mon cœur. Plusieurs jours se passèrent de la sorte. J'étais également incapable de distraction et d'étude. J'errais sans cesse devant la porte d'Ellénore. Je me promenais dans la ville, comme si, au détour de chaque rue, j'avais pu espérer de[3] la rencontrer. Un matin, dans une de ces courses sans but, qui servaient à remplacer mon agitation par de la fatigue, j'aperçus la voiture du comte de P***, qui revenait de son voyage. Il me reconnut et mit pied à terre. Après quelques phrases banales, je lui parlai, en déguisant mon trouble, du départ subit d'Ellénore. « Oui, me dit-il, une de ses amies, à quelques lieues[4] d'ici, a éprouvé je ne sais quel événement fâcheux qui a fait croire à Ellénore que ses consolations lui seraient utiles. Elle est partie sans me consulter. C'est une personne que tous ses senti-

1. Une région située à la campagne, ou une maison de campagne.
2. Ses domestiques.
3. Tournure de la langue soutenue : quand « espérer » est à l'infinitif (ici, après un semi-auxiliaire), il est précédé de « de ».
4. La lieue, ancienne mesure de longueur, variable selon les provinces, pourrait représenter 4, 445 kilomètres.

ments dominent, et dont l'âme, toujours active, trouve presque du repos dans le dévouement. Mais sa présence ici m'est trop nécessaire; je vais lui écrire; elle reviendra sûrement dans quelques jours. »

Cette assurance me calma; je sentis ma douleur s'apaiser. Pour la première fois depuis le départ d'Ellénore, je pus respirer sans peine. Son retour fut moins prompt que ne l'espérait le comte de P***. Mais j'avais repris ma vie habituelle, et l'angoisse que j'avais éprouvée commençait à se dissiper, lorsqu'au bout d'un mois M. de P*** me fit avertir qu'Ellénore devait arriver le soir. Comme il mettait un grand prix à lui maintenir dans la société la place que son caractère méritait, et dont sa situation semblait l'exclure, il avait invité à souper plusieurs femmes de ses parentes et de ses amies qui avaient consenti à voir Ellénore.

Mes souvenirs reparurent, d'abord confus, bientôt plus vifs. Mon amour-propre s'y mêlait. J'étais embarrassé[1], humilié, de rencontrer une femme qui m'avait traité comme un enfant. Il me semblait la voir, souriant à mon approche de ce qu'une courte absence avait calmé l'effervescence d'une jeune tête; et je démêlais dans ce sourire une sorte de mépris pour moi. Par degrés mes sentiments se réveillèrent. Je m'étais levé, ce jour-là même, ne songeant plus à Ellénore : une heure après avoir reçu la nouvelle de son arrivée, son image errait devant mes yeux[2], régnait sur mon cœur, et j'avais la fièvre de la crainte de ne pas la voir.

1. Sens fort : troublé violemment.
2. Anacoluthe (rupture de construction grammaticale), où le sujet de « Une heure après avoir reçu la nouvelle de son arrivée » est différent de celui de la proposition principale.

Je restai chez moi toute la journée; je m'y tins, pour ainsi dire, caché : je tremblais que le moindre mouvement ne prévînt[1] notre rencontre. Rien pourtant n'était plus simple, plus certain; mais je la désirais avec tant d'ardeur, qu'elle me paraissait impossible. L'impatience me dévorait : à tous les instants je consultais ma montre. J'étais obligé d'ouvrir ma fenêtre pour respirer; mon sang me brûlait en circulant dans mes veines.

Enfin j'entendis sonner l'heure à laquelle je devais me rendre chez le comte. Mon impatience se changea tout à coup en timidité; je m'habillai lentement; je ne me sentais plus pressé d'arriver : j'avais un tel effroi que mon attente ne fût déçue, un sentiment si vif de la douleur que je courais risque[2] d'éprouver, que j'aurais consenti volontiers à tout ajourner.

Il était assez tard lorsque j'entrai chez M. de P***. J'aperçus Ellénore assise au fond de la chambre; je n'osais avancer, il me semblait que tout le monde avait les yeux fixés sur moi. J'allai me cacher dans un coin du salon, derrière un groupe d'hommes qui causaient. De là je contemplais Ellénore : elle me parut légèrement changée, elle était plus pâle[3] que de coutume. Le comte me découvrit dans l'espèce de retraite où je m'étais réfugié; il vint à moi, me prit par la main, et me conduisit vers Ellénore. « Je vous présente, lui dit-il en riant, l'un des hommes que votre départ inattendu a le plus étonné. » Ellénore parlait à une femme placée à côté d'elle. Lorsqu'elle

1. « Prévenir » signifie ici « aller contre, contrarier ».
2. « Que je courais le risque d'éprouver. »
3. Adjectif souvent employé, dans la suite du texte, pour Ellénore; lié au champ sémantique de la mort depuis le « *pallida mors* » d'Horace, il traduit un trouble grave.

me vit[1], ses paroles s'arrêtèrent sur ses lèvres ; elle demeura tout interdite : je l'étais beaucoup moi-même.

On pouvait nous entendre, j'adressai à Ellénore des questions indifférentes. Nous reprîmes tous deux une apparence de calme. On annonça qu'on avait servi ; j'offris à Ellénore mon bras, qu'elle ne put refuser. « Si vous ne me promettez pas, lui dis-je en la conduisant, de me recevoir demain chez vous à onze heures, je pars à l'instant, j'abandonne mon pays, ma famille et mon père, je romps tous mes liens, j'abjure tous mes devoirs[2], et je vais, n'importe où, finir au plus tôt une vie que vous vous plaisez à empoisonner. — Adolphe ! » me répondit-elle ; et elle hésitait. Je fis un mouvement pour m'éloigner. Je ne sais ce que mes traits exprimèrent, mais je n'avais jamais éprouvé de contraction si violente.

Ellénore me regarda. Une terreur mêlée d'affection se peignit sur sa figure. « Je vous recevrai demain, me dit-elle, mais je vous conjure... » Beaucoup de personnes nous suivaient, elle ne put achever sa phrase. Je pressai sa main de mon bras ; nous nous mîmes à table.

J'aurais voulu m'asseoir à côté d'Ellénore, mais le maître de la maison l'avait autrement décidé : je fus placé à peu près vis-à-vis d'elle. Au commencement du souper, elle était rêveuse. Quand on lui adressait la parole, elle répondait avec douceur ; mais elle retombait bientôt dans la distraction. Une de ses amies, frappée de son silence et de son abattement, lui demanda si elle était malade : « Je n'ai pas été

1. « Lorsqu'elle me vit » : dans les romans d'amour, toute scène de la première rencontre est une scène du *regard qui parle mieux que les mots...*
2. Sens figuré : renoncer solennellement à ses devoirs.

bien dans ces derniers temps, répondit-elle, et même à présent je suis fort ébranlée. » J'aspirais à produire dans l'esprit d'Ellénore une impression agréable ; je voulais, en me montrant aimable et spirituel, la disposer en ma faveur, et la préparer à l'entrevue qu'elle m'avait accordée. J'essayai donc de mille manières de fixer son attention. Je ramenai la conversation sur des sujets que je savais l'intéresser ; nos voisins s'y mêlèrent : j'étais inspiré par sa présence ; je parvins à me faire écouter d'elle, je la vis bientôt sourire : j'en ressentis une telle joie, mes regards exprimèrent tant de reconnaissance, qu'elle ne put s'empêcher d'en être touchée. Sa tristesse et sa distraction se dissipèrent : elle ne résista plus au charme secret que répandait dans son âme la vue du bonheur que je lui devais : et quand nous sortîmes de table, nos cœurs étaient d'intelligence comme si nous n'avions jamais été séparés. « Vous voyez, lui dis-je, en lui donnant la main pour rentrer dans le salon, que vous disposez de toute mon existence ; que vous ai-je fait pour que vous trouviez du plaisir à la tourmenter ? »

CHAPITRE III

Je passai la nuit sans dormir[1]. Il n'était plus question dans mon âme ni de calculs ni de projets ; je me sentais, de la meilleure foi du monde, véritablement amoureux. Ce n'était plus l'espoir du succès qui me faisait agir : le besoin de voir celle que j'aimais, de jouir de sa présence, me dominait exclusivement. Onze heures sonnèrent, je me rendis auprès d'Ellénore ; elle m'attendait. Elle voulut parler : je lui demandai de m'écouter. Je m'assis auprès d'elle, car je pouvais à peine me soutenir, et je continuai en ces termes, non sans être obligé de m'interrompre souvent :

« Je ne viens point réclamer contre la sentence que vous avez prononcée ; je ne viens point rétracter un aveu qui a pu vous offenser : je le voudrais en vain.

1. Ce chapitre majeur, qui raconte comment Adolphe a séduit Ellénore pour de bon, est dans M 1 tout entier de la main de l'auteur (et non du copiste), signe, pour P. Delbouille, que Constant l'a entièrement repris et a modifié certains détails de la version primitive, par exemple ceux qui, comme au chapitre précédent, concernent le passé de l'héroïne. Il est également possible qu'il ait allongé son texte, en insistant davantage sur la résistance d'Ellénore qui, en première version, se donnait sans doute plus rapidement à Adolphe.

Cet amour que vous repoussez est indestructible : l'effort même que je fais dans ce moment pour vous parler avec un peu de calme est une preuve de la violence d'un sentiment qui vous blesse[1]. Mais ce n'est plus pour vous en entretenir que je vous ai priée de m'entendre ; c'est, au contraire, pour vous demander de l'oublier, de me recevoir comme autrefois, d'écarter le souvenir d'un instant de délire, de ne pas me punir de ce que vous savez un secret[2] que j'aurais dû renfermer au fond de mon âme. Vous connaissez ma situation, ce caractère qu'on dit bizarre et sauvage, ce cœur étranger à tous les intérêts du monde, solitaire au milieu des hommes, et qui souffre pourtant de l'isolement auquel il est condamné[3]. Votre amitié[4] me soutenait : sans cette amitié je ne puis vivre. J'ai pris l'habitude de vous voir ; vous avez laissé naître et se former cette douce habitude : qu'ai-je fait pour perdre cette unique consolation d'une existence si triste et si sombre ? Je suis horriblement malheureux ; je n'ai plus le courage de supporter un si long malheur ; je n'espère rien, je ne demande rien, je ne veux que vous voir : mais je dois vous voir s'il faut que je vive. »

Ellénore gardait le silence. « Que craignez-vous ? repris-je. Qu'est-ce que j'exige ? Ce que vous accordez à tous les indifférents. Est-ce le monde que vous

1. Offenser violemment.
2. Comprendre : « De ce que vous savez être un secret. »
3. Phrase où Adolphe résume à l'aide de quelques adjectifs révélateurs (bizarre, sauvage, étranger, solitaire) sa psychologie tourmentée (voir l'Introduction, partie 3).
4. Vu le contexte, le sens de ce mot pourrait être proche de celui du XVIIe siècle (où l'on parlait de l'« honnête amitié » des époux, opposée à la concupiscence). Il pourrait donc désigner l'amour, et, en tout cas, une affection plus forte que celle de la simple amitié.

redoutez? Ce monde, absorbé dans ses frivolités solennelles[1], ne lira pas dans un cœur tel que le mien. Comment ne serais-je pas prudent? N'y va-t-il pas de ma vie? Ellénore, rendez-vous à ma prière[2] : vous y trouverez quelque douceur. Il y aura pour vous quelque charme à être aimée ainsi, à me voir auprès de vous, occupé de vous seule, n'existant que pour vous, vous devant toutes les sensations de bonheur dont je suis encore susceptible, arraché par votre présence à la souffrance et au désespoir. »

Je poursuivis longtemps de la sorte, levant toutes les objections, retournant de mille manières tous les raisonnements qui plaidaient en ma faveur. J'étais si soumis, si résigné, je demandais si peu de chose, j'aurais été si malheureux d'un refus!

Ellénore fut émue. Elle m'imposa plusieurs conditions. Elle ne consentit à me recevoir que rarement, au milieu d'une société nombreuse, avec l'engagement que je ne lui parlerais jamais d'amour. Je promis ce qu'elle voulut. Nous étions contents tous les deux : moi, d'avoir reconquis le bien que j'avais été menacé de perdre; Ellénore, de se trouver à la fois généreuse, sensible et prudente.

Je profitai dès le lendemain de la permission que j'avais obtenue; je continuai de même les jours suivants. Ellénore ne songea plus à la nécessité que[3]

1. Bon exemple, dans cet oxymoron raillant l'attention extrême que le « monde » accorde à ce qui est futile, de la concision et du sens de la formule qui caractérisent le style de Constant.
2. Se rendre à une prière : céder à une demande.
3. Proposition substantive introduite par « que » et servant d'objet à « nécessité » : ce tour, qu'on retrouve plus loin (« l'idée que... », « la nouvelle que... »), est très fréquent sous la plume de Constant. Celui-ci évite ainsi la construction nominale ou la construction avec l'infinitif (« la nécessité de rendre mes visites moins fréquentes »), où l'expression de l'action est moins temporalisée.

mes visites fussent peu fréquentes : bientôt rien ne lui parut plus simple que de me voir tous les jours. Dix ans de fidélité avaient inspiré à M. de P*** une confiance entière ; il laissait à Ellénore la plus grande liberté. Comme il avait eu à lutter contre l'opinion qui voulait exclure sa maîtresse du monde où il était appelé à vivre, il aimait à voir s'augmenter la société d'Ellénore ; sa maison remplie constatait[1] à ses yeux son propre triomphe sur l'opinion.

Lorsque j'arrivais, j'apercevais dans les regards d'Ellénore une expression de plaisir. Quand elle s'amusait dans la conversation, ses yeux se tournaient naturellement vers moi. L'on ne racontait rien d'intéressant qu'elle ne m'appelât pour l'entendre[2]. Mais elle n'était jamais seule : des soirées entières se passaient sans que je pusse lui dire autre chose en particulier que quelques mots insignifiants ou interrompus. Je ne tardai pas à m'irriter de tant de contrainte. Je devins sombre, taciturne, inégal dans mon humeur, amer dans mes discours. Je me contenais à peine lorsqu'un autre que moi s'entretenait à part avec Ellénore : j'interrompais brusquement ces entretiens. Il m'importait peu qu'on pût s'en offenser, et je n'étais pas toujours arrêté par la crainte de la compromettre. Elle se plaignit à moi de ce changement. « Que voulez-vous ? lui dis-je avec impatience : vous croyez sans doute avoir fait beaucoup pour moi ; je suis forcé de vous dire que vous vous trompez. Je ne conçois rien à votre nouvelle manière d'être. Autrefois vous viviez retirée ; vous fuyiez une société fatigante ; vous évitiez ces éternelles conver-

---

1. Établissait (sens connu au XVIIIᵉ siècle, selon P. Delbouille).
2. Proposition relative où le subjonctif est appelé par l'idée d'exclusion manifestée dans la principale.

sations qui se prolongent précisément parce qu'elles ne devraient jamais commencer. Aujourd'hui votre porte est ouverte à la terre entière. On dirait qu'en vous demandant de me recevoir, j'ai obtenu pour tout l'univers la même faveur que pour moi. Je vous l'avoue, en vous voyant jadis si prudente, je ne m'attendais pas à vous trouver si frivole. »

Je démêlai dans les traits d'Ellénore une impression de mécontentement et de tristesse. « Chère Ellénore, lui dis-je en me radoucissant tout à coup, ne méritai-je donc pas d'être distingué des mille importuns qui vous assiègent ? L'amitié n'a-t-elle pas ses secrets ? N'est-elle pas ombrageuse et timide[1] au milieu du bruit et de la foule ? »

Ellénore craignait, en se montrant inflexible, de voir se renouveler des imprudences qui l'alarmaient pour elle et pour moi. L'idée de rompre n'approchait plus de son cœur : elle consentit à me recevoir quelquefois seule.

Alors se modifièrent rapidement les règles sévères qu'elle m'avait prescrites. Elle me permit de lui peindre mon amour ; elle se familiarisa par degrés avec ce langage : bientôt elle m'avoua qu'elle m'aimait.

Je passai quelques heures à ses pieds, me proclamant le plus heureux des hommes, lui prodiguant mille assurances de tendresse, de dévouement et de respect éternel. Elle me raconta ce qu'elle avait souffert en essayant de s'éloigner de moi ; que de fois elle avait espéré que je la découvrirais malgré ses efforts ; comment le moindre bruit qui frappait ses oreilles lui paraissait annoncer mon arrivée ; quel trouble, quelle joie, quelle crainte, elle avait ressentis en me

1. Latin *timere*, craindre : craintive.

revoyant; par quelle défiance d'elle-même, pour concilier le penchant de son cœur avec la prudence, elle s'était livrée aux distractions du monde, et avait recherché la foule qu'elle fuyait auparavant[1]. Je lui faisais répéter les plus petits détails, et cette histoire de quelques semaines nous semblait être celle d'une vie entière. L'amour supplée aux longs souvenirs, par une sorte de magie. Toutes les autres affections ont besoin du passé : l'amour crée, comme par enchantement, un passé dont il nous entoure[2]. Il nous donne, pour ainsi dire, la conscience d'avoir vécu, durant des années, avec un être qui naguère nous était presque étranger. L'amour n'est qu'un point lumineux, et néanmoins il semble s'emparer du temps. Il y a peu de jours qu'il[3] n'existait pas, bientôt il n'existera plus ; mais, tant qu'il existe, il répand sa clarté sur l'époque qui l'a précédé, comme sur celle qui doit le suivre.

Ce calme pourtant dura peu. Ellénore était d'autant plus en garde contre sa faiblesse, qu'elle était poursuivie du souvenir de ses fautes : et mon imagination, mes désirs, une théorie de fatuité[4] dont

---

1. Phrase complexe, qui a suscité beaucoup de commentaires. Le verbe de la principale (« Elle me raconta »), a pour compléments d'objet direct cinq propositions séparées par un point-virgule, soit quatre complétives, *plus* celle qui commence par « que de fois » et qui, en principe, n'est pas une complétive. C'est là encore un usage de la syntaxe classique, où le verbe de la principale peut avoir des compléments de nature différente.

2. Ce genre de développement sur l'amour qui suspend la course du temps normal et se crée son propre temps est typique de la littérature lyrique. On le trouve par exemple, à la même époque, dans *Corinne* (VIII, 11), de Mme de Staël : « Ah! sans doute, c'est par l'amour que l'éternité peut être comprise; il confond toutes les notions du temps; il efface les idées de commencement et de fin [...]. »

3. Emploi étrange de la conjonction « que » : on attendait plutôt « il y a peu de temps, il n'existait pas ».

4. Nouveau rappel de la « fatuité », voir l'Introduction, partie 4.

je ne m'apercevais pas moi-même se révoltaient contre un tel amour. Toujours timide, souvent irrité, je me plaignais, je m'emportais, j'accablais Ellénore de reproches. Plus d'une fois elle forma le projet de briser un lien qui ne répandait sur sa vie que de l'inquiétude et du trouble ; plus d'une fois je l'apaisai par mes supplications, mes désaveux et mes pleurs.

« Ellénore, lui écrivais-je un jour, vous ne savez pas tout ce que je souffre. Près de vous, loin de vous, je suis également malheureux. Pendant les heures qui nous séparent, j'erre au hasard, courbé sous le fardeau d'une existence que je ne sais comment supporter. La société m'importune, la solitude m'accable[1]. Ces indifférents qui m'observent, qui ne connaissent rien de ce qui m'occupe, qui me regardent avec une curiosité sans intérêt, avec un étonnement sans pitié, ces hommes qui osent me parler d'autre chose que de vous, portent dans mon sein une douleur mortelle. Je les fuis ; mais, seul, je cherche en vain un air qui pénètre dans ma poitrine oppressée. Je me précipite sur cette terre qui devrait s'entrouvrir pour m'engloutir à jamais ; je pose ma tête sur la pierre froide[2] qui devrait calmer la fièvre ardente[3] qui me dévore. Je me traîne vers cette col-

---

1. Deux propositions indépendantes à rythme binaire, qui ont le même nombre de syllabes (7) : trace de cette langue « poétique » qui caractérise les passages lyriques d'*Adolphe* (voir l'Introduction, partie 4).
2. Attitude très romantique par son outrance, et où la « pierre froide » est peut-être la dalle d'un tombeau. Le style de cette longue lettre, pour laquelle il n'y a, à une exception près (voir note 1, p. 124), aucune variante significative, est d'évidence très soigné et dénote, jusque dans ses facilités, des influences littéraires diverses.
3. Cette expression qui sera reprise plus loin, mais dans son acception clinique, a ici son sens figuré : ardeur d'un cœur amoureux. Mais soulignons quand même ces effets d'écho qui font

line d'où l'on aperçoit votre maison; je reste là, les yeux fixés sur cette retraite[1] que je n'habiterai jamais avec vous. Et si je vous avais rencontrée plus tôt, vous auriez pu être à moi! J'aurais serré dans mes bras la seule créature que la nature ait formée pour mon cœur, pour ce cœur qui a tant souffert parce qu'il vous cherchait, et qu'il ne vous a trouvée que trop tard! Lorsqu'enfin ces heures de délire[2] sont passées, lorsque le moment arrive où je puis vous voir, je prends en tremblant la route de votre demeure. Je crains que tous ceux qui me rencontrent ne devinent les sentiments que je porte en moi; je m'arrête; je marche à pas lents : je retarde l'instant du bonheur, de ce bonheur que tout menace, que je me crois toujours sur le point de perdre; bonheur imparfait et troublé, contre lequel conspirent[3] peut-être à chaque minute et les événements funestes[4] et les regards jaloux[5], et les caprices tyranniques[6] et

l'intérêt d'*Adolphe*, où le héros souffre symboliquement d'un mal qui tuera réellement Ellénore.

1. Le mot est inexact puisque Ellénore et le comte de P*** habitent en ville et fréquentent beaucoup de monde. C'est une concession au genre en partie « rousseauiste » de cette lettre élégiaque, où le rejet de la « société », l'éloge d'un amour né du « cœur » et voulu par la « nature » sont des thèmes connus chez Rousseau.

2. Ellénore mourante sera dans le « délire »; Adolphe amoureux est saisi par l'égarement du cœur : autre effet de correspondance.

3. Réminiscence possible du « Tout m'afflige et me nuit, et conspire à me nuire » de la *Phèdre* de Racine (acte I, sc. 3).

4. « Funestes » a ici son sens figuré.

5. On peut s'interroger sur l'utilité de l'allusion aux « regards jaloux », car Adolphe ne connaît aucun rival.

6. Qui a ces « caprices tyranniques » ? Ellénore? Mais il est immédiatement question de sa « propre volonté », expression qui s'oppose fortement aux « caprices ». Il faut donc supposer que l'héroïne est changeante. A moins que cette antithèse soit mise ici pour la beauté du contraste (il n'est en effet pas rare que, dans le style de Constant, l'esthétique l'emporte sur la logique).

votre propre volonté. Quand je touche au seuil de votre porte, quand je l'entrouvre, une nouvelle terreur me saisit : je m'avance comme un coupable, demandant grâce à tous les objets qui frappent ma vue, comme si tous étaient ennemis, comme si tous m'enviaient l'heure de félicité dont je vais encore jouir. Le moindre son m'effraie, le moindre mouvement autour de moi m'épouvante, le bruit même de mes pas me fait reculer. Tout près de vous je crains encore quelque obstacle qui se place soudain entre vous et moi. Enfin je vous vois, je vous vois et je respire, et je vous contemple et je m'arrête, comme le fugitif qui touche au sol protecteur qui doit le garantir de la mort [1]. Mais alors même, lorsque tout mon être s'élance vers vous, lorsque j'aurais un tel besoin de me reposer de tant d'angoisses, de poser ma tête sur vos genoux, de donner un libre cours à mes larmes, il faut que je me contraigne avec violence, que même auprès de vous je vive encore d'une vie d'effort : pas un instant d'épanchement! pas un instant d'abandon! Vos regards m'observent. Vous êtes embarrassée, presque offensée de mon trouble. Je ne sais quelle gêne [2] a succédé à ces heures délicieuses où du moins vous m'avouiez votre amour. Le temps s'enfuit, de nouveaux intérêts vous appellent : vous ne les oubliez jamais; vous ne retardez jamais l'instant qui m'éloigne. Des étrangers viennent : il n'est plus permis de vous regarder; je sens qu'il faut fuir pour me dérober aux soupçons qui m'environnent. Je vous quitte plus agité, plus déchiré, plus insensé qu'auparavant; je vous quitte, et je retombe dans cet

1. Allusion emphatique au célèbre « droit d'asile » qui pouvait sauver certaines personnes de la mort.
2. Tourment violent rapproché par erreur de « géhenne », l'enfer.

isolement effroyable, où je me débats sans rencontrer un seul être sur lequel je puisse m'appuyer, me reposer un moment. »

Ellénore n'avait jamais été aimée de la sorte[1]. M. de P*** avait pour elle une affection très vraie, beaucoup de reconnaissance pour son dévouement, beaucoup de respect pour son caractère; mais il y avait toujours dans sa manière une nuance de supériorité sur une femme qui s'était donnée publiquement à lui sans qu'il l'eût épousée. Il aurait pu contracter des liens plus honorables, suivant l'opinion commune : il ne le lui disait point, il ne se le disait peut-être pas à lui-même; mais ce qu'on ne dit pas n'en existe pas moins, et tout ce qui est se devine. Ellénore n'avait eu jusqu'alors aucune notion de ce sentiment passionné, de cette existence perdue dans la sienne, dont mes fureurs mêmes, mes injustices et mes reproches n'étaient que des preuves plus irréfragables. Sa résistance avait exalté toutes mes sensations, toutes mes idées : je revenais des emportements qui l'effrayaient à une soumission, à une tendresse, à une vénération idolâtre[2]. Je la considérais comme une créature céleste. Mon amour tenait du culte, et il avait pour elle d'autant plus de charme, qu'elle craignait sans cesse de se voir humiliée dans un sens opposé. Elle se donna enfin tout entière.

1. Var. : dans M 1 et M 2, on trouve ensuite : « Son premier amant l'avait entraînée lorsqu'elle était très jeune, et l'avait cruellement abandonnée. » La suppression de cette phrase est logique après la correction signalée à la note 1, p. 101; son maintien eût de surcroît constitué comme une rupture de ton dans ce passage destiné à ennoblir l'image d'Ellénore.

2. L'adjectif « idolâtre », bien qu'il se rapporte également à « soumission » et à « tendresse », ne s'accorde qu'avec le substantif le plus rapproché : usage de la langue élégante (latinisme). Quant à l'idée (la femme aimée promue au rang d'une divinité), elle est un fameux cliché.

Malheur à l'homme qui, dans les premiers moments d'une liaison d'amour, ne croit pas que cette liaison doit[1] être éternelle! Malheur à qui[2], dans les bras de la maîtresse qu'il vient d'obtenir, conserve une funeste prescience, et prévoit qu'il pourra s'en détacher! Une femme que son cœur entraîne a dans cet instant quelque chose de touchant et de sacré[3]. Ce n'est pas le plaisir, ce n'est pas la nature, ce ne sont pas les sens qui sont corrupteurs[4]; ce sont les calculs auxquels la société nous accoutume, et les réflexions que l'expérience fait naître. J'aimai, je respectai mille fois plus Ellénore après qu'elle se fut donnée. Je marchais avec orgueil au milieu des hommes; je promenais sur eux un regard dominateur. L'air que je respirais était à lui seul une jouissance. Je m'élançais au-devant de la nature, pour la remercier du bienfait inespéré, du bienfait immense qu'elle avait daigné m'accorder.

1. Après un verbe d'opinion en tournure négative, l'indicatif dans la complétive est normal quand on veut, comme Constant le fait ici, exprimer la réalité du fait.
2. Tour de syntaxe classique, où « qui » est employé pour « celui qui ».
3. Ce développement célèbre, qui insiste sur l'aspect « sacré » de l'amour naissant, brode sur un des *topoi* les plus connus du préromantisme : « S'il y a quelque chose de religieux dans ce sentiment, c'est parce qu'il fait disparaître tous les autres intérêts, et se complaît comme la dévotion dans le sacrifice entier de soi-même » (Mme de Staël, *Corinne*).
4. Malgré les apparences, ces propos sont plus proches de la philosophie de Sade que des thèses de Rousseau : ils nient le mal attaché au plaisir des sens (« corrupteurs » est une allusion à la morale religieuse, qui condamne le plaisir hors du mariage), et affirment implicitement que le plaisir, d'être lié à la « nature », est légitime.

CHAPITRE IV

Charme de l'amour, qui pourrait vous peindre[1] !
Cette persuasion que nous avons trouvé l'être que la
nature avait destiné pour nous[2], ce jour subit
répandu sur la vie, et qui nous semble en expliquer le
mystère, cette valeur inconnue attachée aux
moindres circonstances, ces heures rapides, dont
tous les détails échappent au souvenir par leur douceur même, et qui ne laissent dans notre âme qu'une
longue trace de bonheur, cette gaieté folâtre qui se
mêle quelquefois sans cause à un attendrissement
habituel, tant de plaisir dans la présence, et dans

1. Var. : le premier paragraphe de ce chapitre, presque entièrement bâti sur une seule et longue phrase, n'est ni dans M 1 ni dans
M 2. Il aurait été rédigé entre 1810 et 1816, et sans doute un peu
avant la publication. Certains l'ont jugé artificiel ; d'autres y ont vu
un hommage à Juliette Récamier. Baigné de la même tonalité
rousseauiste que la fin du chapitre précédent, il constitue une
transition parfaitement unie et marque une pause lyrique. Cet
intermède chante le bonheur de la passion (celui-ci est notamment illustré par la répétition de l'adjectif démonstratif « ce », qui
a la valeur du *ille* latin) ; et il ne met que davantage en relief la
rapide dégradation des rapports d'Adolphe et d'Ellénore. Autrement dit, fondé sur le principe du contraste, il a très bien pu être
inspiré par des raisons esthétiques.
2. Construction archaïque du verbe « destiner ».

l'absence tant d'espoir[1], ce détachement de tous les soins vulgaires, cette supériorité sur tout ce qui nous entoure, cette certitude que désormais le monde ne peut nous atteindre où nous vivons, cette intelligence mutuelle qui devine chaque pensée et qui répond à chaque émotion, charme de l'amour, qui vous éprouva ne saurait vous décrire !

M. de P*** fut obligé, pour des affaires pressantes, de s'absenter pendant six semaines. Je passai ce temps chez Ellénore presque sans interruption. Son attachement semblait s'être accru du sacrifice qu'elle m'avait fait. Elle ne me laissait jamais la quitter sans essayer de me retenir. Lorsque je sortais, elle me demandait quand je reviendrais. Deux heures de séparation lui étaient insupportables. Elle fixait avec une précision inquiète l'instant de mon retour. J'y souscrivais avec joie ; j'étais reconnaissant, j'étais heureux du sentiment qu'elle me témoignait. Mais cependant les intérêts de la vie commune ne se laissent pas plier arbitrairement à tous nos désirs. Il m'était quelquefois incommode d'avoir tous mes pas marqués d'avance, et tous mes moments ainsi comptés. J'étais forcé de précipiter toutes mes démarches, de rompre avec la plupart de mes relations. Je ne savais que répondre à mes connaissances lorsqu'on me proposait quelque partie[2] que, dans une situation naturelle, je n'aurais point eu de motif pour refuser. Je ne regrettais point auprès d'Ellénore ces plaisirs de la vie sociale, pour lesquels je n'avais

---

1. Présence et absence de l'être aimé. Noter aussi l'effet de chiasme, encore renforcé par la réitération de « tant de » et « dans », ainsi que par le même nombre de syllabes (huit) dans chacun des deux segments qui ressemblent donc à l'octosyllabe, le vers préféré de la poésie lyrique.
2. Une partie de plaisir, un divertissement.

jamais eu beaucoup d'intérêt, mais j'aurais voulu qu'elle me permît d'y renoncer plus librement. J'aurais éprouvé plus de douceur à retourner auprès d'elle, de ma propre volonté, sans me dire que l'heure était arrivée, qu'elle m'attendait avec anxiété, et sans que l'idée de sa peine vînt se mêler à celle du bonheur que j'allais goûter en la retrouvant. Ellénore était sans doute un vif plaisir dans mon existence, mais elle n'était plus un but : elle était devenue un lien[1]. Je craignais d'ailleurs de la compromettre. Ma présence continuelle devait étonner ses gens, ses enfants, qui pouvaient m'observer. Je tremblais de l'idée de déranger son existence. Je sentais que nous ne pouvions être unis pour toujours, et que c'était un devoir sacré pour moi de respecter son repos : je lui donnais donc des conseils de prudence, tout en l'assurant de mon amour. Mais plus je lui donnais des conseils de ce genre, moins elle était disposée à m'écouter. En même temps je craignais horriblement de l'affliger. Dès que je voyais sur son visage une expression de douleur, sa volonté devenait la mienne : je n'étais à mon aise que lorsqu'elle était contente de moi. Lorsqu'en insistant sur la nécessité de m'éloigner pour quelques instants, j'étais parvenu à la quitter, l'image de la peine que je lui avais causée me suivait partout. Il me prenait[2] une fièvre de remords[3] qui redoublait à chaque minute, et qui

1. Var. : dans M 1, cette phrase est en marge, et elle est de la main de Constant. Il y a une remarque identique dans la *Lettre sur Julie* (hommage à Julie Talma, rédigé par l'écrivain vers 1807), à propos du rapide changement qui caractérise l'amour : « Les hommes, au contraire, à cette même époque, cessent d'avoir un but : ce qui en était un pour eux leur devient un lien » (*Œuvres*, *op. cit.*, pp. 844-845).
2. Tournure impersonnelle pour « J'étais saisi par... ».
3. Après la « fièvre ardente » de l'amour naissant, voici la « fièvre de remords », expression construite sur le modèle du géni-

enfin devenait irrésistible ; je volais vers elle, je me faisais une fête de la consoler, de l'apaiser. Mais à mesure que je m'approchais de sa demeure, un sentiment d'humeur contre cet empire[1] bizarre se mêlait à mes autres sentiments. Ellénore elle-même était violente[2]. Elle éprouvait, je le crois, pour moi ce qu'elle n'avait éprouvé pour personne. Dans ses relations précédentes[3], son cœur avait été froissé[4] par une dépendance pénible ; elle était avec moi dans une parfaite aisance[5], parce que nous étions dans une parfaite égalité ; elle s'était relevée à ses propres yeux, par un amour pur de tout calcul, de tout intérêt : elle savait que j'étais bien sûr qu'elle ne m'aimait que pour moi-même. Mais il résultait de son abandon complet avec moi qu'elle ne me déguisait aucun de ses mouvements ; et lorsque je rentrais dans sa chambre, impatienté[6] d'y rentrer plus tôt que je ne l'aurais voulu, je la trouvais triste, ou irritée. J'avais souffert deux heures loin d'elle de l'idée qu'elle souf-

---

tif hébraïque (du type « Dieu de majesté », « regard de pitié »), et où la culpabilité d'Adolphe prend d'emblée une forme dramatique : elle est plus qu'un regret (peine d'avoir délaissé quelqu'un), elle est le reproche — répété (le mot vient de re-mordre) — que sa conscience lui adresse.

1. Terme du vocabulaire amoureux : l'ascendant qu'Ellénore exerce sur Adolphe.

2. Trait de caractère attribué à Mme de Staël, et dont Constant parle également dans *Cécile* où, évoquant Mme de Malbée, qui représente Germaine de Staël, il se dit « fatigué [...] d'une relation dans laquelle c'était toujours la violence qui plaidait, le poignard en main, la cause de l'amour » (*op. cit.*, p. 202).

3. Avant sa rencontre avec Adolphe, Ellénore n'a eu qu'un amant (le comte de P***) ; Constant aurait dû normalement écrire : « Sa relation précédente ».

4. Allusion à l'aide matérielle que lui apporte le comte de P***.

5. Liberté d'esprit et de comportement.

6. Adjectif de sens passif, qui a le même sens — usité en langue poétique — que « impatient de » et veut donc dire : « qui ne peut supporter de ».

frait loin de moi : je souffrais deux heures près d'elle avant de pouvoir l'apaiser.

Cependant je n'étais pas malheureux ; je me disais qu'il était doux d'être aimé, même avec exigence ; je sentais que je lui faisais du bien : son bonheur m'était nécessaire, et je me savais nécessaire à son bonheur.

D'ailleurs, l'idée confuse que, par la seule nature des choses, cette liaison ne pouvait durer, idée triste sous bien des rapports, servait néanmoins à me calmer dans mes accès de fatigue ou d'impatience. Les liens d'Ellénore avec le comte de P***, la disproportion de nos âges, la différence de nos situations, mon départ que déjà diverses circonstances avaient retardé, mais dont l'époque était prochaine[1], toutes ces considérations m'engageaient à donner et à recevoir encore le plus de bonheur qu'il était possible : je me croyais sûr des années, je ne disputais pas les jours.

Le comte de P*** revint. Il ne tarda pas à soupçonner mes relations avec Ellénore ; il me reçut chaque jour d'un air plus froid et plus sombre. Je parlai vivement à Ellénore des dangers qu'elle courait ; je la suppliai de permettre que j'interrompisse pour quelques jours mes visites ; je lui représentai l'intérêt de sa réputation, de sa fortune, de ses enfants[2]. Elle m'écouta longtemps en silence ; elle était pâle comme la mort. « De manière ou d'autre,

1. Première mention du départ, non justifié, de la ville de D*** : elle ne contribue pas peu à dramatiser la situation de malaise qu'Adolphe est en train de décrire.
2. Autre bon exemple de la concision de Constant, dans cette partie de phrase où le choix de trois mots justes (« réputation », « fortune », « enfants ») résume la situation d'Ellénore qui a tout à perdre en poursuivant sa liaison avec Adolphe.

me dit-elle enfin, vous partirez bientôt; ne devançons pas ce moment; ne vous mettez pas en peine de moi. Gagnons des jours, gagnons des heures : des jours, des heures, c'est tout ce qu'il me faut. Je ne sais quel pressentiment me dit, Adolphe, que je mourrai dans vos bras[1]. »

Nous continuâmes donc à vivre comme auparavant, moi toujours inquiet, Ellénore toujours triste, le comte de P*** taciturne et soucieux. Enfin la lettre que j'attendais arriva : mon père m'ordonnait de me rendre auprès de lui[2]. Je portai cette lettre à Ellénore. « Déjà! me dit-elle après l'avoir lue; je ne croyais pas que ce fût si tôt. » Puis, fondant en larmes, elle me prit la main et elle me dit : « Adolphe, vous voyez que je ne puis vivre sans vous; je ne sais ce qui arrivera de mon avenir, mais je vous conjure de ne pas partir encore : trouvez des prétextes pour rester. Demandez à votre père de vous laisser prolonger votre séjour encore six mois. Six mois, est-ce donc si long? » Je voulus combattre sa résolution; mais elle pleurait si amèrement, elle était si tremblante, ses traits portaient l'empreinte d'une souffrance si déchirante, que je ne pus continuer. Je me jetai à ses pieds, je la serrai dans mes bras, je l'assurai de mon amour, et je sortis pour aller écrire à mon père. J'écrivis en effet avec le mouvement que la douleur d'Ellénore m'avait inspiré. J'alléguai mille causes de retard; je fis ressortir l'utilité de continuer à D*** quelques cours que je n'avais pu suivre à Got-

1. Pressentiment qui, donnant d'avance la fin de l'intrigue, a surtout l'intérêt de maintenir le lecteur en alerte (pour cette mort annoncée, voir l'Introduction, partie 4).
2. Var. : M 1 donne : « de quitter immédiatement Gottingue pour le rejoindre ». Mots ensuite barrés, puisque l'action se déroule dans la ville de D***.

tingue; et lorsque j'envoyai ma lettre à la poste, c'était avec ardeur que je désirais obtenir le consentement que je demandais.

Je retournai le soir chez Ellénore. Elle était assise sur un sofa; le comte de P*** était près de la cheminée, et assez loin d'elle; les deux enfants étaient au fond de la chambre, ne jouant pas, et portant sur leurs visages cet étonnement de l'enfance lorsqu'elle remarque une agitation dont elle ne soupçonne pas la cause. J'instruisis Ellénore par un geste que j'avais fait ce qu'elle voulait. Un rayon de joie brilla dans ses yeux, mais ne tarda pas à disparaître. Nous ne disions rien. Le silence devenait embarrassant[1] pour nous trois. « On m'assure, monsieur, me dit enfin le comte, que vous êtes prêt à partir. » Je lui répondis que je l'ignorais. « Il me semble, répliqua-t-il, qu'à votre âge, on ne doit pas tarder à entrer dans une carrière : au reste, ajouta-t-il en regardant Ellénore, tout le monde peut-être ne pense pas ici comme moi. »

La réponse de mon père ne se fit pas attendre. Je tremblais, en ouvrant sa lettre, de la douleur qu'un refus causerait à Ellénore. Il me semblait même que j'aurais partagé cette douleur avec une égale amertume; mais en lisant le consentement qu'il m'accordait, tous les inconvénients d'une prolongation de séjour[2] se présentèrent tout à coup à mon esprit. « Encore six mois de gêne et de contrainte, m'écriai-je, six mois pendant lesquels j'offense un

1. « Embarrassant », qui embarrasse, au sens fort. Ce type de mot apparaît, comme dans ce cas, dès qu'il est question d'un dialogue. Il exprime alors un trouble qui tourne à l'aphasie et traduit l'impossibilité d'un échange authentique.
2. Var. : dans M 1, « séjour » est suivi de « à Gottingue », mots ensuite barrés.

homme qui m'avait témoigné de l'amitié, j'expose[1] une femme qui m'aime, je cours le risque de lui ravir[2] la seule situation où elle puisse vivre tranquille et considérée, je trompe mon père; et pourquoi? Pour ne pas braver un instant une douleur qui, tôt ou tard, est inévitable! Ne l'éprouvons-nous pas chaque jour en détail et goutte à goutte, cette douleur? Je ne fais que du mal à Ellénore; mon sentiment, tel qu'il est, ne peut la satisfaire. Je me sacrifie pour elle sans fruit pour son bonheur; et moi je vis ici sans utilité, sans indépendance, n'ayant pas un instant de libre, ne pouvant respirer une heure en paix. » J'entrai chez Ellénore tout occupé de ces réflexions. Je la trouvai seule. « Je reste encore six mois, lui dis-je. — Vous m'annoncez cette nouvelle bien sèchement. — C'est que je crains beaucoup, je l'avoue, les conséquences de ce retard pour l'un et pour l'autre. — Il me semble que pour vous du moins elles ne sauraient être bien fâcheuses. — Vous savez fort bien, Ellénore, que ce n'est jamais de moi que je m'occupe le plus. — Ce n'est guère non plus du bonheur des autres[3]. » La conversation avait pris une direction orageuse. Ellénore était blessée de mes regrets dans une circonstance où elle croyait que je devais partager sa joie : je l'étais du triomphe qu'elle avait remporté sur mes résolutions précédentes. La scène devint violente. Nous éclatâmes en reproches mutuels. Ellénore m'accusa de l'avoir trompée, de n'avoir eu pour elle qu'un goût passager, d'avoir

1. Exposer une femme : lui faire courir un grave danger dans la société.
2. Sens étymologique : arracher, enlever avec force (de *rapere*, même sens).
3. Bref dialogue, aussi « enchaîné » que celui du théâtre (voir l'Introduction, partie 3).

aliéné[1] d'elle l'affection du comte, de l'avoir remise, aux yeux du public, dans la situation équivoque dont elle avait cherché toute sa vie à sortir. Je m'irritai de voir qu'elle tournât[2] contre moi ce que je n'avais fait que par obéissance pour elle et par crainte de l'affliger. Je me plaignis de ma vive contrainte, de ma jeunesse consumée dans l'inaction, du despotisme qu'elle exerçait sur toutes mes démarches. En parlant ainsi, je vis son visage couvert tout à coup de pleurs : je m'arrêtai, je revins sur mes pas, je désavouai, j'expliquai. Nous nous embrassâmes : mais un premier coup était porté, une première barrière était franchie. Nous avions prononcé tous deux des mots irréparables ; nous pouvions nous taire, mais non les oublier. Il y a des choses qu'on est longtemps sans se dire, mais quand une fois elles sont dites, on ne cesse jamais de les répéter.

Nous vécûmes ainsi quatre mois dans des rapports forcés, quelquefois doux, jamais complètement libres ; y rencontrant encore du plaisir[3], mais n'y trouvant plus de charme. Ellénore cependant ne se détachait pas de moi. Après nos querelles les plus vives, elle était aussi empressée à me revoir, elle fixait aussi soigneusement l'heure de nos entrevues que si notre union eût été la plus paisible et la plus tendre. J'ai souvent pensé que ma conduite même contribuait à entretenir Ellénore dans cette disposition. Si je l'avais aimée comme elle m'aimait, elle

---

1. Construction avec complément indirect, assez rare pour ce verbe qui revient plus loin, tout aussi bizarrement construit, et qui veut dire : « avoir détourné d'elle l'affection du comte ».
2. Le subjonctif est appelé non par « voir », mais par « je m'irritai », verbe de sentiment.
3. Discrète — et rare — allusion au caractère érotique de la liaison, qui importe moins que son « charme ».

aurait eu plus de calme ; elle aurait réfléchi de son côté sur les dangers qu'elle bravait. Mais toute prudence lui était odieuse[1], parce que la prudence venait de moi ; elle ne calculait point ses sacrifices, parce qu'elle était tout occupée à me les faire accepter ; elle n'avait pas le temps de se refroidir à mon égard, parce que tout son temps et toutes ses forces étaient employés à me conserver. L'époque fixée de nouveau[2] pour mon départ approchait ; et j'éprouvais, en y pensant, un mélange de plaisir et de regret : semblable[3] à ce que ressent un homme qui doit acheter une guérison certaine par une opération douloureuse.

Un matin, Ellénore m'écrivit de passer chez elle à l'instant. « Le comte, me dit-elle, me défend de vous recevoir : je ne veux point obéir à cet ordre tyrannique[4]. J'ai suivi cet homme dans la proscription, j'ai sauvé sa fortune ; je l'ai servi dans tous ses intérêts. Il peut se passer de moi maintenant : moi, je ne puis me passer de vous. » On devine facilement quelles furent mes instances pour la détourner d'un projet que je ne concevais[5] pas. Je lui parlai de l'opinion du public : « Cette opinion, me répondit-elle, n'a jamais été juste pour moi. J'ai rempli pendant dix ans mes devoirs mieux qu'aucune femme, et cette opinion ne m'en a pas moins repoussée du rang que je méri-

1. Digne d'être haïe (latin *odium*, haine).
2. Construction : la locution adverbiale « de nouveau » se rapporte à l'adjectif « fixée » (le père d'Adolphe a en effet fixé une nouvelle époque pour son départ).
3. L'adjectif est apposé à « je », dans « j'éprouvais ».
4. Var. : M 1 et M 2 donnent ensuite : « Depuis longtemps tout rapport intime a cessé entre cet homme et moi », phrase supprimée parce qu'elle pouvait paraître trop directe de la part d'Ellénore.
5. « Que je ne comprenais pas. »

tais. » Je lui rappelai ses enfants. « Mes enfants sont ceux de M. de P***. Il les a reconnus : il en aura soin. Ils seront trop heureux d'oublier une mère dont ils n'ont à partager que la honte. » Je redoublai mes prières. « Écoutez, me dit-elle; si je romps avec le comte, refuserez-vous de me voir? Le refuserez-vous? reprit-elle en saisissant mon bras avec une violence qui me fit frémir. — Non, assurément, lui répondis-je; et plus vous serez malheureuse, plus je vous serai dévoué. Mais considérez... — Tout est considéré, interrompit-elle. Il va rentrer, retirez-vous maintenant; ne revenez plus ici. »

Je passai le reste de la journée dans une angoisse inexprimable. Deux jours s'écoulèrent sans que j'entendisse parler d'Ellénore. Je souffrais d'ignorer son sort; je souffrais même de ne pas la voir, et j'étais étonné de la peine que cette privation me causait. Je désirais cependant qu'elle eût renoncé à la résolution que je craignais tant pour elle, et je commençais à m'en flatter, lorsqu'une femme me remit un billet par lequel Ellénore me priait d'aller la voir dans telle rue, dans telle maison, au troisième étage. J'y courus, espérant encore que, ne pouvant me recevoir chez M. de P***, elle avait voulu m'entretenir ailleurs une dernière fois. Je la trouvai faisant les apprêts d'un établissement[1] durable. Elle vint à moi, d'un air à la fois content et timide, cherchant à lire dans mes yeux mon impression. « Tout est rompu, me dit-elle, je suis parfaitement libre. J'ai de ma fortune particulière soixante-quinze louis[2] de

1. Préparations en vue d'une installation dans une autre maison que la sienne.
2. Le louis est une monnaie d'or, créée sous Louis XIII, dont elle porte le nom. Elle valait vingt-quatre francs. Il est difficile de dire, vu l'indétermination relative de l'époque où se passe *Adolphe*,

rente, c'est assez pour moi. Vous restez encore ici six semaines. Quand vous partirez, je pourrai peut-être me rapprocher de vous ; vous reviendrez peut-être me voir. » Et, comme si elle eût redouté une réponse, elle entra dans une foule de détails relatifs à ses projets. Elle chercha de mille manières à me persuader qu'elle serait heureuse ; qu'elle ne m'avait rien sacrifié ; que le parti qu'elle avait pris lui convenait, indépendamment de moi. Il était visible qu'elle se faisait un grand effort[1], et qu'elle ne croyait qu'à moitié ce qu'elle me disait. Elle s'étourdissait de ses paroles, de peur d'entendre les miennes ; elle prolongeait son discours avec activité[2] pour retarder le moment où mes objections la replongeraient dans le désespoir. Je ne pus trouver dans mon cœur de lui en faire aucune. J'acceptai son sacrifice, je l'en remerciai ; je lui dis que j'en étais heureux : je lui dis bien plus encore ; je l'assurai que j'avais toujours désiré qu'une détermination irréparable me fît un devoir de ne jamais la quitter ; j'attribuai mes indécisions à un sentiment de délicatesse qui me défendait de consentir à ce qui bouleversait sa situation. Je n'eus, en un mot, d'autre pensée que de chasser loin d'elle toute peine, toute crainte, tout regret, toute incertitude sur mon sentiment. Pendant que je lui parlais, je n'envisageais rien au-delà de ce but, et j'étais sincère dans mes promesses.

quel est le montant exact de la rente dont dispose Ellénore ; mais la somme ne paraît pas très élevée.

1. « Se faisait un grand effort » : elle faisait un grand effort sur elle-même.

2. « Avec activité », complément de manière, au lieu de l'adverbe « activement », pour dire qu'Ellénore continuait de parler avec force, pour empêcher Adolphe de lui répondre.

CHAPITRE V

La séparation[1] d'Ellénore et du comte de P*** produisit dans le public un effet qu'il n'était pas difficile de prévoir. Ellénore perdit en un instant le fruit de dix années de dévouement et de constance : on la confondit avec toutes les femmes de sa classe qui se livrent sans scrupule à mille inclinations successives. L'abandon de ses enfants la fit regarder comme une mère dénaturée : et les femmes d'une réputation irréprochable répétèrent avec satisfaction que l'oubli de la vertu la plus essentielle à leur sexe s'étendait bientôt sur toutes les autres[2]. En même temps on la plaignit, pour ne pas perdre le plaisir de me blâmer. On vit dans ma conduite celle d'un séducteur, d'un ingrat, qui avait violé l'hospitalité et sacrifié, pour contenter une fantaisie momentanée, le repos de deux personnes, dont il aurait dû respecter l'une et ménager l'autre[3]. Quelques amis de mon père

1. Dans M 1, ce chapitre, où il n'y a que peu de corrections, est entièrement rédigé de la main du copiste et « appartient [...] à un état ancien du roman » (P. Delbouille, édition citée, p. 230).
2. Comprendre : « les autres vertus » propres à une femme « irréprochable » : allusion à la médisance, qui annonce qu'Ellénore ne restera pas fidèle à Adolphe.
3. « L'une... l'autre » : Ellénore, le comte de P***.

m'adressèrent des représentations[1] sérieuses; d'autres, moins libres avec moi, me firent sentir leur désapprobation par des insinuations détournées. Les jeunes gens, au contraire, se montrèrent enchantés de l'adresse avec laquelle j'avais supplanté le comte; et par mille plaisanteries que je voulais en vain réprimer, ils me félicitèrent de ma conquête et me promirent de m'imiter. Je ne saurais peindre ce que j'eus à souffrir et de cette censure sévère et de ces honteux éloges. Je suis convaincu que, si j'avais eu de l'amour pour Ellénore, j'aurais ramené l'opinion sur elle[2] et sur moi. Telle est la force d'un sentiment vrai, que, lorsqu'il parle, les interprétations fausses et les convenances factices se taisent. Mais je n'étais qu'un homme faible, reconnaissant et dominé; je n'étais soutenu par aucune impulsion qui partît du cœur. Je m'exprimais donc avec embarras[3]; je tâchais de finir la conversation; et si elle se prolongeait, je la terminais par quelques mots âpres, qui annonçaient aux autres que j'étais prêt à leur chercher querelle. En effet, j'aurais beaucoup mieux aimé me battre avec eux que leur répondre.

Ellénore ne tarda pas à s'apercevoir que l'opinion s'élevait contre elle. Deux parentes de M. de P***, qu'il avait forcées par son ascendant à se lier avec elle, mirent le plus grand éclat dans leur rupture; heureuses de se livrer à leur malveillance, longtemps contenue à l'abri des principes austères de la morale.

1. Objections, faites avec mesure, et adressées à une personne que l'on ménage (sens de la langue du XVIIe siècle).
2. « Ramener l'opinion sur elle » : par analogie avec l'expression « ramener quelqu'un » (radoucir une personne), veut dire ici : faire revenir l'opinion à de meilleurs sentiments pour Ellénore et Adolphe.
3. Mot traduisant l'état d'un être « embarrassé ».

Les hommes continuèrent à voir Ellénore; mais il s'introduisit dans leur ton quelque chose d'une familiarité qui annonçait qu'elle n'était plus appuyée par un protecteur puissant, ni justifiée par une union presque consacrée. Les uns venaient chez elle parce que, disaient-ils, ils l'avaient connue de tout temps; les autres, parce qu'elle était belle encore, et que sa légèreté récente leur avait rendu des prétentions qu'ils ne cherchaient pas à lui déguiser. Chacun motivait sa liaison avec elle; c'est-à-dire que chacun pensait que cette liaison avait besoin d'excuse. Ainsi la malheureuse Ellénore se voyait tombée pour jamais dans l'état dont[1], toute sa vie, elle avait voulu sortir. Tout contribuait à froisser son âme et à blesser sa fierté. Elle envisageait l'abandon des uns comme une preuve de mépris, l'assiduité des autres comme l'indice de quelque espérance insultante. Elle souffrait de la solitude, elle rougissait de la société[2]. Ah! sans doute[3], j'aurais dû la consoler, j'aurais dû la serrer contre mon cœur, lui dire : « Vivons l'un pour l'autre, oublions des hommes qui nous méconnaissent, soyons heureux de notre seule estime et de notre seul amour » : je l'essayais aussi[4];

1. Depuis Malherbe et Vaugelas, « dont » ne s'emploie plus pour « de quel lieu ». Or cet « état » dont Ellénore veut « sortir » est bien une sorte de lieu, et Constant aurait donc dû employer le pronom relatif « d'où ». C'est là un des rares endroits du texte où il y a une trace de la langue populaire de la Révolution (époque où « d'où » et « dont » sont encore confondus dans la langue parlée).
2. Expression assez peu claire. Comprendre qu'elle rougissait des offenses que lui faisait la société. On notera également que cette situation intenable rappelle celle d'Adolphe, au chapitre III : « La société m'importune, la solitude m'accable... »
3. Sens classique : « sans aucun doute ».
4. Pour P. Delbouille, cet « aussi » a une valeur causale et retient l'attention par sa place en fin de proposition (édition citée, p. 230). Mais s'agit-il bien d'une valeur causale ? « Aussi » n'a-t-il

mais que peut, pour ranimer un sentiment qui s'éteint, une résolution prise par devoir ?

Ellénore et moi nous dissimulions l'un avec l'autre[1]. Elle n'osait me confier des peines, résultat d'un sacrifice qu'elle savait bien que je ne lui avais pas demandé[2]. J'avais accepté ce sacrifice : je n'osais me plaindre d'un malheur que j'avais prévu, et que je n'avais pas eu la force de prévenir[3]. Nous nous taisions donc sur la pensée unique qui nous occupait constamment. Nous nous prodiguions des caresses, nous parlions d'amour; mais nous parlions d'amour de peur de nous parler d'autre chose.

Dès qu'il existe un secret entre deux cœurs qui s'aiment, dès que l'un d'eux a pu se résoudre à cacher à l'autre une seule idée, le charme est rompu, le bonheur est détruit. L'emportement, l'injustice, la distraction même, se réparent; mais la dissimulation jette dans l'amour un élément étranger qui le dénature et le flétrit à ses propres yeux.

Par une inconséquence bizarre, tandis que je repoussais avec l'indignation la plus violente la moindre insinuation contre Ellénore, je contribuais moi-même à lui faire tort dans mes conversations générales[4]. Je m'étais soumis à ses volontés, mais

pas plutôt le sens de « aussi bien », locution conjonctive voisine, par le sens, de « en effet » ?

1. Construction qui veut dire : « Ellénore et moi, nous dissimulions [employé absolument] l'un et l'autre. »

2. Le pronom relatif élidé « qu' » a la valeur, usuelle en langue classique, de « dont » et permet une phrase plus ramassée que celle que nous utiliserions actuellement (« le sacrifice *dont* elle savait bien que je ne *le* lui avais pas demandé »).

3. « Prévenir » : aller au-devant de quelque chose pour l'empêcher.

4. L'adjectif « général », fréquent chez Constant, s'oppose chez lui à « intime » ou « singulier », et il s'applique ici à des entretiens destinés au « public ».

j'avais pris en horreur l'empire des femmes. Je ne cessais de déclamer contre leur faiblesse, leur exigence, le despotisme de leur douleur. J'affichais les principes les plus durs; et ce même homme qui ne résistait pas à une larme, qui cédait à la tristesse muette, qui était poursuivi dans l'absence par l'image de la souffrance qu'il avait causée, se montrait, dans tous ses discours, méprisant et impitoyable. Tous mes éloges directs en faveur d'Ellénore ne détruisaient pas l'impression que produisaient des propos semblables. On me haïssait, on la plaignait, mais on ne l'estimait pas. On s'en prenait à elle de n'avoir pas inspiré à son amant plus de considération pour son sexe et plus de respect pour les liens du cœur.

Un homme, qui venait habituellement chez Ellénore, et qui, depuis sa rupture avec le comte de P***, lui avait témoigné la passion la plus vive, l'ayant forcée par ses persécutions indiscrètes[1] à ne plus le recevoir, se permit contre elle des railleries outrageantes qu'il me parut impossible de souffrir. Nous nous battîmes; je le blessai dangereusement, je fus blessé moi-même. Je ne puis décrire le mélange de trouble, de terreur, de reconnaissance et d'amour, qui se peignit sur les traits d'Ellénore lorsqu'elle me revit après cet événement. Elle s'établit chez moi, malgré mes prières; elle ne me quitta pas un seul instant jusqu'à ma convalescence. Elle me lisait[2] pendant le jour, elle me veillait durant la plus grande

1. Langage galant : « persécutions » signifie : assiduités, et « indiscrètes » (du latin *indiscretus*, indistinct, sans normes), signifie « sans retenue ».
2. Verbe sans complément d'objet direct (comprendre : « elle me lisait des livres »), ainsi construit pour faire pendant à « elle me veillait durant [...] ».

partie des nuits ; elle observait mes moindres mouvements, elle prévenait chacun de mes désirs ; son ingénieuse bonté multipliait ses facultés et doublait ses forces. Elle m'assurait sans cesse qu'elle ne m'aurait pas survécu : j'étais pénétré d'affection, j'étais déchiré de remords. J'aurais voulu trouver en moi de quoi récompenser un attachement si constant et si tendre ; j'appelais à mon aide les souvenirs, l'imagination, la raison même, le sentiment du devoir : efforts inutiles ! La difficulté de la situation, la certitude d'un avenir qui devait nous séparer, peut-être je ne sais quelle révolte contre un lien qu'il m'était impossible de briser, me dévoraient intérieurement. Je me reprochais l'ingratitude[1] que je m'efforçais de lui cacher. Je m'affligeais quand elle paraissait douter d'un amour qui lui était si nécessaire ; je ne m'affligeais pas moins quand elle semblait y croire. Je la sentais meilleure que moi ; je me méprisais d'être indigne d'elle. C'est un affreux malheur de n'être pas aimé quand on aime ; mais c'en est un bien grand d'être aimé avec passion quand on n'aime plus[2]. Cette vie que je venais d'exposer pour Ellénore, je l'aurais mille fois donnée pour qu'elle fût heureuse sans moi.

Les six mois que m'avait accordés mon père étaient expirés ; il fallut songer à partir. Ellénore ne s'opposa point à mon départ, elle n'essaya pas même

---

1. Terme qui ne s'explique pas seulement par l'aide qu'Ellénore a accordée à Adolphe après son duel, parce que, dans le langage classique de l'amour, l'« ingrat » est également celui qui ne répond pas à l'amour qu'on lui porte.
2. Même remarque dans le journal de Constant, le 8 mars 1803, au sujet de ses rapports agités avec Germaine de Staël : « C'est une relation terrible que celle d'un homme qui n'aime plus et d'une femme qui ne veut pas cesser d'être aimée », *op. cit.*, p. 250.

de le retarder; mais elle me fit promettre que, deux mois après, je reviendrais près d'elle, ou que je lui permettrais de me rejoindre : je le lui jurai solennellement. Quel engagement n'aurais-je pas pris dans un moment où je la voyais lutter contre elle-même et contenir sa douleur? Elle aurait pu exiger de moi de ne pas la quitter; je savais au fond de mon âme que ses larmes n'auraient pas été désobéies[1]. J'étais reconnaissant de ce qu'elle n'exerçait pas sa puissance; il me semblait que je l'en aimais mieux. Moi-même, d'ailleurs, je ne me séparais pas sans un vif regret d'un être qui m'était si uniquement dévoué. Il y a dans les liaisons qui se prolongent quelque chose de si profond! Elles deviennent à notre insu une partie si intime de notre existence! Nous formons de loin, avec calme, la résolution de les rompre; nous croyons attendre avec impatience l'époque de l'exécuter[2] : mais quand ce moment arrive, il nous remplit de terreur; et telle est la bizarrerie de notre cœur misérable[3], que nous quittons avec un déchirement horrible ceux près de qui nous demeurions sans plaisir.

Pendant mon absence, j'écrivis régulièrement à Ellénore. J'étais partagé entre la crainte que mes lettres ne lui fissent de la peine, et le désir de ne lui peindre que le sentiment que j'éprouvais. J'aurais voulu qu'elle me devinât, mais qu'elle me devinât sans s'affliger; je me félicitais quand j'avais pu subs-

---

1. Participe passé, de sens passif, du verbe désobéir (rare).
2. Le pronom personnel élidé représente « résolution de les rompre ».
3. Sens premier : « qui est plein de misère ». On songe, en lisant ce passage sur les inconséquences du sentiment amoureux, au célèbre mot des *Pensées* de Pascal : « Le cœur a ses raisons que la raison ne connaît pas [...]. »

tituer les mots d'affection, d'amitié, de dévouement, à celui d'amour; mais soudain je me représentais la pauvre Ellénore triste et isolée, n'ayant que mes lettres pour consolation; et à la fin de deux pages froides et compassées, j'ajoutais rapidement quelques phrases ardentes ou tendres, propres à la tromper de nouveau. De la sorte, sans en dire jamais assez pour la satisfaire, j'en disais toujours assez pour l'abuser. Étrange espèce de fausseté, dont le succès même se tournait contre moi, prolongeait mon angoisse, et m'était insupportable!

Je comptais avec inquiétude les jours, les heures qui s'écoulaient; je ralentissais de mes vœux[1] la marche du temps; je tremblais en voyant se rapprocher l'époque d'exécuter ma promesse. Je n'imaginais aucun moyen de partir. Je n'en découvrais aucun pour qu'Ellénore pût s'établir dans la même ville que moi. Peut-être, car il faut être sincère, peut-être que je ne le désirais pas. Je comparais ma vie indépendante et tranquille à la vie de précipitation, de trouble et de tourment à laquelle sa passion me condamnait. Je me trouvais si bien d'être libre, d'aller, de venir, de sortir, de rentrer, sans que personne s'en occupât! Je me reposais, pour ainsi dire[2], dans l'indifférence des autres, de la fatigue de son amour.

Je n'osai cependant laisser soupçonner à Ellénore que j'aurais voulu renoncer à nos projets. Elle avait compris par mes lettres qu'il me serait difficile de quitter mon père; elle m'écrivit qu'elle commençait

1. Comprendre : « je souhaitais ralentir la marche du temps ».
2. Précision utile car « se reposer sur ou dans » veut dire normalement « avoir confiance en ». Constant donne donc à l'expression le sens propre de « se reposer ». Entendons qu'Adolphe vit en repos grâce à l'indifférence des autres, grâce à son anonymat.

en conséquence les préparatifs de son départ. Je fus longtemps sans combattre sa résolution; je ne lui répondais rien de précis à ce sujet. Je lui marquais vaguement que je serais toujours charmé[1] de la savoir, puis j'ajoutais, de la rendre heureuse : tristes équivoques, langage embarrassé que je gémissais de voir si obscur, et que je tremblais de rendre plus clair! Je me déterminai enfin à lui parler avec franchise; je me dis que je le devais; je soulevai ma conscience contre ma faiblesse; je me fortifiai de l'idée de son repos contre l'image de sa douleur[2]. Je me promenais[3] à grands pas dans ma chambre, récitant tout haut ce que je me proposais de lui dire. Mais à peine eus-je tracé quelques lignes, que ma disposition changea : je n'envisageai plus mes paroles d'après le sens qu'elles devaient contenir, mais d'après l'effet qu'elles ne pouvaient manquer de produire; et une puissance surnaturelle dirigeant, comme malgré moi, ma main dominée, je me bornai à lui conseiller un retard de quelques mois. Je n'avais pas dit ce que je pensais. Ma lettre ne portait aucun caractère de sincérité. Les raisonnements que j'alléguais étaient faibles, parce qu'ils n'étaient pas les véritables.

La réponse d'Ellénore fut impétueuse; elle était indignée de mon désir de ne pas la voir. Que me demandait-elle[4]? De vivre inconnue auprès de moi.

1. Sens moderne : content, heureux.
2. Phrase assez lourde : Adolphe veut dire qu'il préfère voir Ellénore apaisée plutôt que souffrante.
3. Var. : « promenai » dans M 1 et M 2, corrigé en « promenais », imparfait duratif qui traduit mieux le trouble persistant du héros.
4. Tout ce passage est un bon exemple de style indirect libre, qui permet à Constant de donner le contenu de la lettre, mais sans donner directement la parole à Ellénore, dont on ne lira un message — d'ailleurs tronqué — qu'à la fin du roman.

Que pouvais-je redouter de sa présence dans une retraite ignorée, au milieu d'une grande ville où personne ne la connaissait? Elle m'avait tout sacrifié, fortune, enfants, réputation; elle n'exigeait d'autre prix de ses sacrifices que de m'attendre comme une humble esclave, de passer chaque jour avec moi quelques minutes, de jouir des moments que je pourrais lui donner. Elle s'était résignée à deux mois d'absence, non que cette absence lui parût nécessaire, mais parce que je semblais le souhaiter; et lorsqu'elle était parvenue, en entassant péniblement les jours sur les jours, au terme que j'avais fixé moi-même, je lui proposais de recommencer ce long supplice! Elle pouvait s'être trompée, elle pouvait avoir donné sa vie à un homme dur et aride; j'étais le maître de mes actions; mais je n'étais pas le maître de la forcer à souffrir, délaissée par celui pour lequel elle avait tout immolé.

Ellénore suivit de près cette lettre; elle m'informa de son arrivée. Je me rendis chez elle avec la ferme résolution de lui témoigner beaucoup de joie; j'étais impatient de rassurer son cœur et de lui procurer, momentanément au moins, du bonheur ou du calme. Mais elle avait été blessée; elle m'examinait avec défiance: elle démêla bientôt mes efforts; elle irrita ma fierté par ses reproches; elle outragea mon caractère. Elle me peignit si misérable dans ma faiblesse qu'elle me révolta contre elle encore plus que contre moi. Une fureur insensée s'empara de nous: tout ménagement fut abjuré, toute délicatesse oubliée. On eût dit que nous étions poussés l'un contre l'autre par des furies [1]. Tout ce que la haine la

1. « Une fureur insensée [...] », « [...] poussés l'un contre l'autre par des furies » : c'est, dans ces mots très rapprochés dans le texte, une répétition qui n'est pas très heureuse, même si les Furies

plus implacable avait inventé contre nous, nous nous l'appliquions mutuellement : et ces deux êtres malheureux, qui seuls se connaissaient sur la terre, qui seuls pouvaient se rendre justice, se comprendre et se consoler, semblaient deux ennemis irréconciliables, acharnés à se déchirer.

Nous nous quittâmes après une scène de trois heures ; et, pour la première fois de la vie, nous nous quittâmes sans explication, sans réparation. A peine fus-je éloigné d'Ellénore qu'une douleur profonde remplaça ma colère. Je me trouvai dans une espèce de stupeur, tout étourdi[1] de ce qui s'était passé. Je me répétais mes paroles avec étonnement ; je ne concevais pas ma conduite ; je cherchais en moi-même ce qui avait pu m'égarer.

Il était fort tard ; je n'osai retourner chez Ellénore. Je me promis de la voir le lendemain de bonne heure, et je rentrai chez mon père. Il y avait beaucoup de monde ; il me fut facile, dans une assemblée nombreuse, de me tenir à l'écart, et de déguiser mon trouble. Lorsque nous fûmes seuls, il me dit : « On m'assure que l'ancienne maîtresse du comte de P*** est dans cette ville. Je vous ai toujours laissé une grande liberté, et je n'ai jamais rien voulu savoir sur vos liaisons ; mais il ne vous convient pas, à votre âge, d'avoir une maîtresse avouée ; et je vous avertis que j'ai pris des mesures pour qu'elle s'éloigne d'ici. » En achevant ces mots, il me quitta. Je le suivis

(Erynies, chez les Grecs) sont de redoutables divinités qui punissent les crimes commis à l'intérieur de la famille. Constant est coutumier de cette comparaison, au demeurant assez banale, quand il s'agit de ses amours avec Mme de Staël, ainsi décrite dans son journal, le 4 juillet 1807 : « [...] cette furie, ce fléau que l'enfer a vomi pour me tourmenter ». Il ajoute : « Quel monstre qu'une femme en fureur », *op. cit.*, p. 645.

1. Dont le cerveau est ébranlé par un choc puissant.

jusque dans sa chambre ; il me fit signe de me retirer. « Mon père, lui dis-je, Dieu m'est témoin que je n'ai point fait venir Ellénore ; Dieu m'est témoin que je voudrais qu'elle fût heureuse, et que je consentirais à ce prix à ne jamais la revoir : mais prenez garde à ce que vous ferez ; en croyant me séparer d'elle, vous pourriez bien m'y[1] rattacher à jamais. »

Je fis aussitôt venir chez moi un valet de chambre qui m'avait accompagné dans mes voyages, et qui connaissait mes liaisons[2] avec Ellénore. Je le chargeai de découvrir à l'instant même, s'il était possible, quelles étaient les mesures dont mon père m'avait parlé. Il revint au bout de deux heures. Le secrétaire de mon père lui avait confié, sous le sceau du secret, qu'Ellénore devait recevoir le lendemain l'ordre de partir[3]. « Ellénore chassée ! m'écriai-je, chassée avec opprobre ! Elle qui n'est venue ici que pour moi, elle dont j'ai déchiré le cœur, elle dont j'ai sans pitié vu couler les larmes ! Où donc reposerait-elle sa tête, l'infortunée, errante et seule dans un monde dont je lui ai ravi l'estime ? A qui dirait-elle sa douleur ? » Ma résolution fut bientôt prise. Je gagnai l'homme qui me servait ; je lui prodiguai l'or et les promesses. Je commandai une chaise de poste[4] pour six heures du matin à la porte de la ville. Je formais mille projets

---

1. Tour de syntaxe classique, où le pronom personnel « y » remplace le pronom « elle » précédé de la préposition « à ».

2. Pour « mes liens ».

3. Ordre qu'on a rapproché de l'exil de Mme de Staël, en 1803, invitée à s'éloigner de Paris d'« au moins quarante lieues ». Mais Bonaparte chassa la fille de Necker pour des raisons politiques, ce qui n'est pas le cas d'Ellénore. Seul point commun entre les deux événements, la rapidité du départ : le « lendemain » pour Ellénore, et vingt-quatre heures pour Mme de Staël.

4. Voiture à deux ou quatre roues, traînée par un ou plusieurs chevaux, et qui emportait aussi du courrier.

pour mon éternelle réunion[1] avec Ellénore : je l'aimais plus que je ne l'avais jamais aimée ; tout mon cœur était revenu à elle ; j'étais fier de la protéger. J'étais avide de la tenir dans mes bras ; l'amour était rentré tout entier dans mon âme ; j'éprouvais une fièvre de tête, de cœur, de sens, qui bouleversait mon existence. Si, dans ce moment, Ellénore eût voulu se détacher de moi, je serais mort à ses pieds pour la retenir.

Le jour parut ; je courus chez Ellénore. Elle était couchée, ayant passé la nuit à pleurer ; ses yeux étaient encore humides et ses cheveux étaient épars ; elle me vit entrer avec surprise. « Viens[2], lui dis-je, partons. » Elle voulut répondre. « Partons, repris-je : as-tu sur la terre un autre protecteur, un autre ami que moi ? Mes bras ne sont-ils pas ton unique asile ? » Elle résistait. « J'ai des raisons importantes, ajoutai-je, et qui me sont personnelles. Au nom du ciel, suis-moi » ; je l'entraînai. Pendant la route je l'accablais de caresses, je la pressais sur mon cœur, je ne répondais à ses questions que par mes embrassements. Je lui dis enfin qu'ayant aperçu dans mon père l'intention de nous séparer, j'avais senti que je ne pourrais être heureux sans elle, que je voulais lui consacrer ma vie et nous unir par tous les genres de liens. Sa reconnaissance fut d'abord extrême, mais elle démêla bientôt des contradictions dans mon récit. A force d'instances[3] elle m'arracha la vérité ; sa joie disparut, sa figure se couvrit d'un sombre nuage. « Adolphe, me dit-elle, vous vous trompez sur vous-

1. Réconciliation par union des cœurs.
2. Seul endroit, note P. Delbouille, où Adolphe tutoie Ellénore. Est-ce parce que, comme dans la tragédie classique, les deux amants sont arrivés à un moment fort de leur liaison ?
3. Var. : L donne : « insistance ».

même ; vous êtes généreux, vous vous dévouez à moi parce que je suis persécutée ; vous croyez avoir de l'amour, et vous n'avez que de la pitié[1]. » Pourquoi prononça-t-elle ces mots funestes ? Pourquoi me révéla-t-elle un secret que je voulais ignorer ? Je m'efforçai de la rassurer, j'y parvins peut-être ; mais la vérité avait traversé mon âme : le mouvement était détruit ; j'étais déterminé dans mon sacrifice, mais je n'en étais pas plus heureux ; et déjà il y avait en moi une pensée que de nouveau j'étais réduit à cacher.

---

1. Il suffit d'enlever le « et », et l'on obtient deux octosyllabes pour cette formule antithétique, qui sonne comme une réplique du théâtre tragique.

CHAPITRE VI

Quand nous fûmes arrivés sur les frontières, j'écrivis à mon père. Ma lettre fut respectueuse, mais il y avait un fond d'amertume. Je lui savais mauvais gré d'avoir resserré mes liens en prétendant[1] les rompre. Je lui annonçais que je ne quitterais Ellénore que lorsque, convenablement fixée, elle n'aurait plus besoin de moi. Je le suppliais de ne pas me forcer, en s'acharnant sur elle, à lui rester toujours attaché. J'attendis sa réponse pour prendre une détermination sur notre établissement[2]. « Vous avez vingt-quatre ans, me répondit-il : je n'exercerai pas contre vous une autorité qui touche à son terme, et dont je n'ai jamais fait usage ; je cacherai même, autant que je le pourrai, votre étrange démarche ; je répandrai le bruit que vous êtes parti par mes ordres et pour mes affaires. Je subviendrai libéralement à vos dépenses. Vous sentirez vous-même bientôt que la vie que vous menez n'est pas celle qui vous convenait. Votre naissance, vos talents, votre fortune, vous assignaient

---

1. Sens classique : « en ayant le projet de les rompre, en voulant les rompre ».
2. Installation dans un lieu.

dans le monde une autre place que celle de compagnon d'une femme sans patrie et sans aveu[1]. Votre lettre me prouve déjà que vous n'êtes pas content de vous. Songez que l'on ne gagne rien à prolonger une situation dont on rougit. Vous consumez inutilement les plus belles années de votre jeunesse, et cette perte est irréparable. »

La lettre de mon père me perça de mille coups de poignard. Je m'étais dit cent fois ce qu'il me disait ; j'avais eu cent fois honte de ma vie s'écoulant dans l'obscurité et dans l'inaction. J'aurais mieux aimé des reproches, des menaces ; j'aurais mis quelque gloire à résister, et j'aurais senti la nécessité de rassembler mes forces pour défendre Ellénore des périls qui l'auraient assaillie. Mais il n'y avait point de périls : on me laissait parfaitement libre ; et cette liberté ne me servait qu'à porter plus impatiemment le joug que j'avais l'air de choisir.

Nous nous fixâmes à Caden[2], petite ville de la Bohême. Je me répétai que, puisque j'avais pris la responsabilité du sort d'Ellénore, il ne fallait pas la faire souffrir. Je parvins à me contraindre[3] ; je renfermai dans mon sein jusqu'aux moindres signes de mécontentement, et toutes les ressources de mon

---

1. Au sens propre, personne qui ne dépend d'aucun seigneur (l'« aveu » étant d'abord le document établissant un lien de vassalité) ; puis, par sens dérivé, personne vagabonde, qui n'a de lien avec personne. Précédée de « sans patrie », l'expression dit assez bien la situation sans issue où est l'héroïne après sa rupture avec le comte. Dans *Cécile*, même remarque à propos du malheur de la jeune fille : « Cécile était seule, à deux cents lieues de tout protecteur, dans une auberge, agitée, désolée, malade » (*op. cit.*, p. 218).
2. Pour Kaaden, ville qui existe effectivement en Bohême, royaume dépendant au début du XIXᵉ siècle des Habsbourg (ce qui explique aussi que, en début de chapitre, Adolphe parle du passage des « frontières »).
3. « Se contraindre » : se faire violence.

esprit furent employées à me créer une gaieté factice qui pût voiler ma profonde tristesse. Ce travail eut sur moi-même un effet inespéré. Nous sommes des créatures tellement mobiles, que les sentiments que nous feignons, nous finissons par les éprouver. Les chagrins que je cachais, je les oubliais en partie. Mes plaisanteries perpétuelles dissipaient ma propre mélancolie; et les assurances de tendresse dont j'entretenais Ellénore répandaient dans mon cœur une émotion douce qui ressemblait presque à l'amour.

De temps en temps des souvenirs importuns venaient m'assiéger. Je me livrais, quand j'étais seul, à des accès d'inquiétude; je formais mille plans bizarres, pour m'élancer tout à coup hors de la sphère[1] dans laquelle j'étais déplacé. Mais je repoussais ces impressions comme de mauvais rêves. Ellénore paraissait heureuse; pouvais-je troubler son bonheur? Près de cinq mois se passèrent de la sorte.

Un jour, je vis Ellénore agitée et cherchant à me taire une idée qui l'occupait. Après de longues sollicitations, elle me fit promettre que je ne combattrais point la résolution qu'elle avait prise, et m'avoua que M. de P*** lui avait écrit : son procès était gagné; il se rappelait avec reconnaissance les services qu'elle lui avait rendus, et leur liaison de dix années. Il lui offrait la moitié de sa fortune, non pour se réunir[2] avec elle, ce qui n'était plus possible, mais à condition qu'elle quitterait l'homme ingrat et perfide[3] qui

---

1. Dans son exil, Adolphe est enfermé dans un cercle d'où il ne peut sortir.
2. Se réconcilier avec elle.
3. Du latin *perfidus*, « qui a transgressé la loi ». Adolphe a effectivement violé les lois de l'hospitalité en séduisant la femme d'un homme qui l'avait reçu chez lui.

les avait séparés. « J'ai répondu, me dit-elle, et vous devinez bien que j'ai refusé. » Je ne le devinais que trop. J'étais touché, mais au désespoir[1] du nouveau sacrifice que me faisait Ellénore. Je n'osai toutefois lui rien objecter : mes tentatives en ce sens avaient toujours été tellement infructueuses ! Je m'éloignai pour réfléchir au parti que j'avais à prendre. Il m'était clair que nos liens devaient se rompre. Ils étaient douloureux pour moi, ils lui devenaient nuisibles ; j'étais le seul obstacle à ce qu'elle retrouvât un état convenable et la considération qui, dans le monde, suit tôt ou tard l'opulence[2] ; j'étais la seule barrière entre elle et ses enfants : je n'avais plus d'excuse à mes propres yeux. Lui céder dans cette circonstance n'était plus de la générosité, mais une coupable faiblesse. J'avais promis à mon père de redevenir libre aussitôt que je ne serais plus nécessaire à Ellénore. Il était temps enfin d'entrer dans une carrière, de commencer une vie active, d'acquérir quelques titres à l'estime des hommes, de faire un noble usage de mes facultés. Je retournai chez Ellénore, me croyant inébranlable dans le dessein de la forcer à ne pas rejeter les offres du comte de P***, et pour lui déclarer, s'il le fallait, que je n'avais plus d'amour pour elle. « Chère amie, lui dis-je, on lutte quelque temps contre sa destinée, mais on finit toujours par céder. Les lois de la société sont plus fortes que les volontés des hommes ; les sentiments les plus impérieux se brisent contre la fatalité des circonstances. En vain l'on s'obstine à ne consulter que son cœur ; on est condamné tôt ou tard à écouter la

1. Ellipse, comprendre : « mais j'étais au désespoir ».
2. Lieu commun répandu chez les moralistes : dans le monde, l'estime dépend de la richesse.

raison. Je ne puis vous retenir plus longtemps dans une position également indigne de vous et de moi ; je ne le puis ni pour vous, ni pour moi-même. » A mesure que je parlais, sans regarder Ellénore, je sentais mes idées devenir plus vagues et ma résolution faiblir. Je voulus ressaisir mes forces, et je continuai d'une voix précipitée : « Je serai toujours votre ami ; j'aurai toujours pour vous l'affection la plus profonde. Les deux années de notre liaison ne s'effaceront pas de ma mémoire ; elles seront à jamais l'époque la plus belle de ma vie. Mais l'amour, ce transport des sens, cette ivresse involontaire, cet oubli de tous les intérêts, de tous les devoirs, Ellénore, je ne l'ai plus. » J'attendis longtemps sa réponse sans lever les yeux sur elle. Lorsque enfin je la regardai, elle était immobile ; elle contemplait tous les objets comme si elle n'en eût reconnu aucun. Je pris sa main ; je la trouvai froide. Elle me repoussa. « Que me voulez-vous ? me dit-elle. Ne suis-je pas seule, seule dans l'univers, seule sans un être qui m'entende ? Qu'avez-vous encore à me dire ? Ne m'avez-vous pas tout dit ? Tout n'est-il pas fini, fini sans retour ? Laissez-moi, quittez-moi ; n'est-ce pas là ce que vous désirez ? » Elle voulut s'éloigner, elle chancela ; j'essayai de la retenir, elle tomba sans connaissance à mes pieds ; je la relevai, je l'embrassai, je rappelai ses sens[1]. « Ellénore, m'écriai-je, revenez à vous, revenez à moi ; je vous aime d'amour, de l'amour le plus tendre, je vous avais trompée pour que vous fussiez plus libre dans votre choix. » Crédulités du cœur, vous êtes inexplicables ! Ces simples paroles démenties par tant de paroles précédentes, rendirent Ellénore à la vie et à la confiance ; elle me

1. « Rappeler ses sens » : la faire revenir à elle.

les fit répéter plusieurs fois : elle semblait respirer avec avidité. Elle me crut[1] : elle s'enivra de son amour, qu'elle prenait pour le nôtre ; elle confirma sa réponse au comte de P***, et je me vis plus engagé que jamais.

Trois mois après, une nouvelle possibilité de changement s'annonça dans la situation d'Ellénore. Une de ces vicissitudes communes dans les républiques[2] que des factions agitent, rappela son père en Pologne, et le rétablit dans ses biens. Quoiqu'il ne connût qu'à peine sa fille, que sa mère avait emmenée en France à l'âge de trois ans, il désira la fixer auprès de lui. Le bruit des aventures d'Ellénore ne lui était parvenu que vaguement en Russie, où, pendant son exil[3], il avait toujours habité. Ellénore était son enfant unique : il avait peur de l'isolement, il voulait être soigné ; il ne chercha qu'à découvrir la demeure de sa fille, et, dès qu'il l'eut apprise, il l'invita vivement à venir le joindre. Elle ne pouvait avoir d'attachement réel pour un père qu'elle ne se souvenait pas d'avoir vu. Elle sentait néanmoins qu'il était de son devoir d'obéir ; elle assurait de la sorte à ses enfants une grande fortune, et remontait elle-même au rang que lui avaient ravi ses malheurs et sa conduite ; mais elle me déclara positivement qu'elle

---

1. « Il faut tromper et toujours tromper. Elle est si furieuse que toute franchise est impossible », note Constant dans son journal, le 16 septembre 1807, à propos de ses rapports avec Mme de Staël, *op. cit.*, p. 660.
2. Du latin *res publica*, « chose publique » : sens premier, soit toute forme de gouvernement ou d'État. Mais il faut tout de même signaler que la Pologne du xviiie siècle, bien qu'elle fût une monarchie élective, portait le nom de « République », dénomination imposée par l'aristocratie.
3. On supposera donc que le père d'Ellénore fut, lors des troubles de 1791, un partisan de la Russie.

n'irait en Pologne que si je l'accompagnais. « Je ne suis plus, dit-elle, dans l'âge où l'âme s'ouvre à des impressions nouvelles. Mon père est un inconnu pour moi. Si je reste ici, d'autres l'entoureront avec empressement ; il en sera tout aussi heureux. Mes enfants auront la fortune de M. de P***. Je sais bien que je serai généralement blâmée ; je passerai pour une fille ingrate et pour une mère peu sensible[1] : mais j'ai trop souffert ; je ne suis plus assez jeune pour que l'opinion du monde ait une grande puissance sur moi. S'il y a dans ma résolution quelque chose de dur, c'est à vous, Adolphe, que vous devez vous en prendre. Si je pouvais me faire illusion sur vous, je consentirais peut-être à une absence, dont l'amertume serait diminuée par la perspective d'une réunion douce et durable ; mais[2] vous ne demanderiez pas mieux que de me supposer à deux cents lieues[3] de vous, contente et tranquille, au sein de ma famille et de l'opulence. Vous m'écririez là-dessus des lettres raisonnables que je vois d'avance : elles déchireraient mon cœur ; je ne veux pas m'y exposer. Je n'ai pas la consolation de me dire que, par le sacrifice de toute ma vie, je sois[4] parvenue à vous

1. C'est une litote, évidemment : Ellénore passera pour une mère dénaturée.
2. Var. : M 1 et M 2 donnent ici : « Mais au point où nous sommes, toute séparation entre nous serait une séparation éternelle. Vous n'êtes retenu près de moi que par la crainte de ma douleur », phrase donc supprimée en 1816 parce qu'elle contient une attaque trop directe. P. Delbouille, édition citée, p. 231, indique que les quelques corrections apportées par Constant dans ce chapitre « vont dans le sens d'une légère atténuation des scènes entre les amants ».
3. Hyperbole, pour l'époque, puisque la distance serait de 889,8 km.
4. Subjonctif appelé par la négation dans la proposition principale : « Je n'ai pas la consolation de me dire. »

inspirer le sentiment que je méritais; mais enfin vous l'avez accepté, ce sacrifice. Je souffre déjà suffisamment par l'aridité[1] de vos manières et la sécheresse de nos rapports; je subis ces souffrances que vous m'infligez; je ne veux pas en braver de volontaires. »

Il y avait dans la voix et dans le ton d'Ellénore je ne sais quoi d'âpre et de violent[2] qui annonçait plutôt une détermination ferme qu'une émotion profonde ou touchante. Depuis quelque temps elle s'irritait d'avance lorsqu'elle me demandait quelque chose, comme si je le lui avais déjà refusé. Elle disposait de mes actions, mais elle savait que mon jugement les démentait. Elle aurait voulu pénétrer dans le sanctuaire intime de ma pensée, pour y briser une opposition sourde qui la révoltait contre moi[3]. Je lui parlai de ma situation, du vœu de mon père, de mon propre désir; je priai, je m'emportai. Ellénore fut inébranlable. Je voulus réveiller sa générosité[4], comme si l'amour n'était pas de tous les sentiments le plus égoïste, et, par conséquent, lorsqu'il est blessé, le moins généreux. Je tâchai, par un effort bizarre, de l'attendrir sur le malheur que j'éprouvais

---

1. Métaphore : des manières stériles, qui ne produisent rien de bon.
2. Voir une note du journal de Constant, en date du 7 septembre 1804, où il mentionne une fois de plus une dispute avec Mme de Staël : « Peu à peu, l'orage s'est élevé. Scène effroyable jusqu'à 3 h du matin, sur ce que je n'ai pas de sensibilité, sur ce que je n'invite pas à la confiance, sur ce que mes sentiments ne répondent pas à mes actions, etc. »
3. On le constate dans son journal, Constant aimait voir jouer des tragédies de Racine, et l'image vient certainement d'*Athalie*, où la reine du même nom veut entrer dans le sanctuaire (le lieu le plus saint) du temple de Jérusalem pour briser l'opposition de Joad, le grand prêtre des Juifs.
4. Opposée à l'égoïsme.

en restant près d'elle ; je ne parvins qu'à l'exaspérer. Je lui promis d'aller la voir en Pologne ; mais elle ne vit dans mes promesses, sans épanchement et sans abandon, que l'impatience de la quitter.

La première année de notre séjour à Caden avait atteint son terme, sans que rien changeât dans notre situation. Quand Ellénore me trouvait sombre ou abattu, elle s'affligeait d'abord, se blessait ensuite, et m'arrachait par ses reproches l'aveu de la fatigue que j'aurais voulu déguiser. De mon côté, quand Ellénore paraissait contente, je m'irritais de la voir jouir d'une situation qui me coûtait mon bonheur, et je la troublais dans cette courte jouissance par des insinuations qui l'éclairaient sur ce que j'éprouvais intérieurement. Nous nous attaquions donc tour à tour par des phrases indirectes, pour reculer ensuite dans des protestations générales et de vagues justifications, et pour regagner le silence. Car[1] nous savions si bien mutuellement tout ce que nous allions nous dire, que nous nous taisions pour ne pas l'entendre. Quelquefois l'un de nous était prêt à céder, mais nous manquions le moment favorable pour nous rapprocher. Nos cœurs défiants et blessés ne se rencontraient plus.

Je me demandais souvent pourquoi je restais dans un état si pénible : je me répondais[2] que, si je m'éloi-

---

1. Var. : M 1 porte à cet endroit : « Nous évitions de nous parler sur ce qui nous intéressait. Quand la nécessité nous y ramenait, nos discussions étaient amères. Ellénore me trouvait dur. Je la trouvais injuste. Mais nos débats se prolongeaient peu ». Ce passage est supprimé en 1816, sans doute parce qu'il n'apporte rien de nouveau.
2. Certains spécialistes de Constant ont trouvé cet emploi pronominal étrange. Mais, venant après « je me demandais », il est difficile à éviter et ne peut être relayé par « Je me dis », employé deux lignes plus bas.

gnais d'Ellénore, elle me suivrait, et que j'aurais provoqué un nouveau sacrifice. Je me dis enfin qu'il fallait la satisfaire une dernière fois, et qu'elle ne pourrait plus rien exiger quand je l'aurais replacée au milieu de sa famille. J'allais lui proposer de la suivre en Pologne, quand elle reçut la nouvelle que son père était mort subitement. Il l'avait instituée son unique héritière, mais son testament était contredit par des lettres postérieures, que des parents éloignés menaçaient de faire valoir. Ellénore, malgré le peu de relations qui subsistaient entre elle et son père, fut douloureusement affectée de cette mort : elle se reprocha de l'avoir abandonné. Bientôt elle m'accusa de sa faute. « Vous m'avez fait manquer, me dit-elle, à un devoir sacré. Maintenant il ne s'agit que de ma fortune : je vous l'immolerai plus facilement encore. Mais, certes, je n'irai pas seule dans un pays où je n'ai que des ennemis à rencontrer. — Je n'ai voulu, lui répondis-je, vous faire manquer à aucun devoir; j'aurais désiré, je l'avoue, que vous daignassiez réfléchir que, moi aussi, je trouvais pénible de manquer aux miens; je n'ai pu obtenir de vous cette justice. Je me rends, Ellénore; votre intérêt l'emporte sur toute autre considération. Nous partirons ensemble quand vous le voudrez. »

Nous nous mîmes effectivement en route. Les distractions du voyage, la nouveauté des objets, les efforts que nous faisions sur nous-mêmes, ramenaient de temps en temps entre nous quelques restes d'intimité. La longue habitude que nous avions l'un de l'autre, les circonstances variées que nous avions parcourues ensemble, avaient attaché à chaque parole, presque à chaque geste, des souvenirs qui nous replaçaient tout à coup dans le passé, et nous remplissaient d'un attendrissement involontaire, comme les éclairs traversent la nuit sans la dissiper. Nous vivions, pour ainsi dire, d'une espèce de mémoire du cœur, assez puissante pour que l'idée de nous séparer nous fût douloureuse, trop faible pour que nous trouvassions du bonheur à être unis. Je me livrais à ces émotions, pour me reposer de ma contrainte habituelle. J'aurais voulu donner à Ellénore des témoignages de tendresse qui la contentassent; je reprenais quelquefois avec elle le langage de l'amour : mais ces émotions et ce langage ressemblaient à ces feuilles pâles et décolorées qui, par un reste de végétation funèbre[1], croissent languissamment sur les branches d'un arbre déraciné.

1. Funèbre (de *funebris*, propre aux funérailles) veut dire : « qui inspire des idées de tristesse et de mort », mais avec une mélancolie résignée (présente dans l'expression « musique funèbre »). La comparaison ici utilisée est encore un des indices qui annoncent la mort d'Ellénore. Elle est d'autant plus parlante que, au moment où cette mort se produira (chap. X), les « arbres » seront effectivement « sans feuilles ».

CHAPITRE VII

Ellénore obtint dès son arrivée d'être rétablie dans la jouissance des biens qu'on lui disputait, en s'engageant à n'en[1] pas disposer que son procès ne fût décidé. Elle s'établit dans une des possessions de son père. Le mien, qui n'abordait jamais avec moi dans ses lettres aucune question directement, se contenta de les remplir d'insinuations contre mon voyage. « Vous m'aviez mandé[2], me disait-il, que vous ne partiriez pas. Vous m'aviez développé longuement toutes les raisons que vous aviez de ne pas partir. J'étais en conséquence bien convaincu que vous partiriez. Je ne puis que vous plaindre de ce qu'avec votre esprit d'indépendance, vous faites toujours ce que vous ne voulez pas. Je ne juge point, au reste, d'une situation qui ne m'est qu'imparfaitement connue. Jusqu'à présent vous m'aviez paru le protecteur d'Ellénore, et, sous ce rapport, il y avait dans vos procédés quelque chose de noble, qui relevait votre caractère, quel que fût l'objet auquel vous vous

1. Le pronom personnel « en » coupe la locution adverbiale « ne pas » (tour de la langue classique).
2. « Mander quelque chose » : faire savoir par lettre que...

165

attachiez. Aujourd'hui vos relations ne sont plus les mêmes ; ce n'est plus vous qui la protégez, c'est elle qui vous protège[1] ; vous vivez chez elle, vous êtes un étranger qu'elle introduit dans sa famille. Je ne prononce[2] point sur une position que vous choisissez ; mais comme elle peut avoir ses inconvénients, je voudrais les diminuer autant qu'il est en moi[3]. J'écris au baron de T***, notre ministre[4] dans le pays où vous êtes, pour vous recommander à lui ; j'ignore s'il vous conviendra de faire usage de cette recommandation ; n'y voyez au moins qu'une preuve de mon zèle, et nullement une atteinte à l'indépendance que vous avez toujours su défendre avec succès contre votre père. »

J'étouffai les réflexions que ce style faisait naître en moi. La terre que j'habitais avec Ellénore était située à peu de distance de Varsovie ; je me rendis dans cette ville, chez le baron de T***. Il me reçut avec amitié, me demanda les causes de mon séjour en Pologne, me questionna sur mes projets : je ne savais trop que lui répondre. Après quelques minutes d'une conversation embarrassée : « Je vais, me dit-il, vous parler avec franchise : je connais les motifs qui vous ont amené dans ce pays, votre père me les a mandés ; je vous dirai même que je les comprends : il n'y a pas d'homme qui ne se soit, une fois dans sa vie, trouvé tiraillé par le désir de rompre une liaison inconvenable[5] et la crainte d'affliger une femme qu'il

1. Certains des amis de Constant lui faisaient le même reproche, à propos de l'aide financière que lui apportait Mme de Staël (voir son *Journal*, *op. cit.*, pp. 414-415).
2. Manifester son opinion, son choix.
3. Autant qu'il est dans mon pouvoir.
4. Envoyé d'un gouvernement auprès d'une puissance étrangère.
5. Dans une conversation « embarrassée » ce diplomate use de termes... diplomatiques ; il ménage la sensibilité d'Adolphe en uti-

avait aimée. L'inexpérience de la jeunesse fait que l'on s'exagère beaucoup les difficultés d'une position pareille; on se plaît à croire à la vérité de toutes ces démonstrations de douleur, qui remplacent, dans un sexe faible et emporté, tous les moyens de la force et tous ceux de la raison. Le cœur en souffre, mais l'amour-propre s'en applaudit; et tel homme qui pense de bonne foi s'immoler au désespoir qu'il a causé, ne se sacrifie dans le fait qu'aux illusions de sa propre vanité. Il n'y a pas une de ces femmes passionnées, dont le monde est plein, qui n'ait protesté qu'on la ferait mourir en l'abandonnant; il n'y en a pas une qui ne soit encore en vie, et qui ne soit consolée. » Je voulus l'interrompre. « Pardon, me dit-il, mon jeune ami, si je m'exprime avec trop peu de ménagement : mais le bien qu'on m'a dit de vous, les talents que vous annoncez, la carrière que vous devriez suivre, tout me fait une loi de ne rien vous déguiser. Je lis dans votre âme, malgré vous et mieux que vous; vous n'êtes plus amoureux de la femme qui vous domine et qui vous traîne après elle; si vous l'aimiez encore, vous ne seriez pas venu chez moi. Vous saviez que votre père m'avait écrit; il vous était aisé de prévoir ce que j'avais à vous dire : vous n'avez pas été fâché d'entendre de ma bouche des raisonnements que vous vous répétez sans cesse à vous-même, et toujours inutilement. La réputation d'Ellénore est loin d'être intacte... — Terminons, je vous prie, répondis-je, une conversation inutile. Des circonstances malheureuses ont pu disposer des premières années d'Ellénore; on peut la juger défavo-

lisant un terme rare, signifiant : « Qui ne convient pas, qui ne s'accorde pas avec les usages sociaux », mot plus faible que « inconvenant », qui veut dire, selon Littré, la même chose, mais en y ajoutant la notion de « choquant ».

rablement sur des apparences mensongères : mais je la connais depuis trois ans et il n'existe pas sur la terre une âme plus élevée, un caractère plus noble, un cœur plus pur et plus généreux. — Comme vous voudrez, répliqua-t-il ; mais ce sont des nuances que l'opinion n'approfondit pas. Les faits sont positifs, ils sont publics ; en m'empêchant de les rappeler, pensez-vous les détruire ? Écoutez, poursuivit-il, il faut dans ce monde savoir ce qu'on veut. Vous n'épouserez pas Ellénore ? — Non, sans doute [1], m'écriai-je ; elle-même ne l'a jamais désiré. — Que voulez-vous donc faire ? Elle a dix ans de plus que vous ; vous en avez vingt-six ; vous la soignerez dix ans encore ; elle sera vieille ; vous serez parvenu au milieu de votre vie, sans avoir rien commencé, rien achevé qui vous satisfasse. L'ennui s'emparera de vous, l'humeur [2] s'emparera d'elle ; elle vous sera chaque jour moins agréable, vous lui serez chaque jour plus nécessaire ; et le résultat d'une naissance illustre, d'une fortune brillante, d'un esprit distingué, sera de végéter dans un coin de la Pologne, oublié de vos amis, perdu pour la gloire, et tourmenté par une femme qui ne sera, quoi que vous fassiez, jamais contente de vous. Je n'ajoute qu'un mot, et nous ne reviendrons plus sur un sujet qui vous embarrasse. Toutes les routes vous sont ouvertes, les lettres, les armes, l'administration ; vous pouvez aspirer aux plus illustres alliances [3] ; vous êtes fait pour aller à tout [4] : mais souvenez-vous bien qu'il y a entre vous et tous les

1. Sans aucun doute.
2. Employé absolument, le mot signifie « mauvaise humeur ».
3. Mariages entre grandes familles.
4. Expression datant du xviii⁰ siècle, et voulant dire : « Parvenir aux plus grandes places, à la plus grande fortune » (note de P. Delbouille).

genres de succès un obstacle insurmontable, et que cet obstacle est Ellénore. — J'ai cru vous devoir, monsieur, lui répondis-je, de vous écouter en silence ; mais je me dois aussi de vous déclarer que vous ne m'avez point ébranlé. Personne que moi, je le répète, ne peut juger Ellénore ; personne n'apprécie assez la vérité de ses sentiments et la profondeur de ses impressions. Tant qu'elle aura besoin de moi, je resterai près d'elle. Aucun succès ne me consolerait de la laisser malheureuse ; et dussé-je borner ma carrière à lui servir d'appui, à la soutenir dans ses peines, à l'entourer de mon affection contre l'injustice d'une opinion qui la méconnaît, je croirais encore n'avoir pas employé ma vie inutilement. »

Je sortis en achevant ces paroles : mais qui m'expliquera par quelle mobilité le sentiment qui me les dictait s'éteignit avant même que j'eusse fini de les prononcer ? Je voulus, en retournant à pied, retarder le moment de revoir cette Ellénore que je venais de défendre ; je traversai précipitamment la ville : il me tardait de me trouver seul.

Arrivé au milieu de la campagne, je ralentis ma marche, et mille pensées m'assaillirent. Ces mots funestes : « Entre tous les genres de succès et vous, il existe un obstacle insurmontable, et cet obstacle c'est Ellénore », retentissaient autour de moi. Je jetais un long et triste regard sur le temps qui venait de s'écouler sans retour ; je me rappelais les espérances de ma jeunesse, la confiance avec laquelle je croyais autrefois commander à l'avenir, les éloges accordés à mes premiers essais[1], l'aurore de réputa-

---

1. Premières productions d'un écrivain. Allusion justifiée puisque le baron de T*** vient de dire qu'Adolphe est doué pour les « lettres ».

tion que j'avais vue briller et disparaître. Je me répétais les noms de plusieurs de mes compagnons d'étude, que j'avais traités avec un dédain superbe[1], et qui, par le seul effet d'un travail opiniâtre et d'une vie régulière, m'avaient laissé loin derrière eux dans la route de la fortune, de la considération et de la gloire : j'étais oppressé par mon inaction. Comme les avares se représentent dans les trésors qu'ils entassent tous les biens que ces trésors pourraient acheter, j'apercevais dans Ellénore la privation de tous les succès auxquels j'aurais pu prétendre. Ce n'était pas une carrière seule que je regrettais : comme je n'avais essayé d'aucune[2], je les regrettais toutes. N'ayant jamais employé mes forces, je les imaginais sans bornes, et je les maudissais ; j'aurais voulu que la nature m'eût créé faible et médiocre, pour me préserver au moins du remords de me dégrader volontairement. Toute louange, toute approbation pour mon esprit ou mes connaissances, me semblaient un reproche insupportable : je croyais entendre admirer les bras vigoureux d'un athlète chargé de fers au fond d'un cachot[3]. Si je voulais ressaisir mon courage, me dire que l'époque de l'activité n'était pas encore passée, l'image d'Ellénore s'élevait devant moi comme un fantôme, et me repoussait dans le néant ; je ressentais contre elle des accès de fureur[4], et, par un mélange bizarre cette

1. Latin *superbus* : orgueilleux.
2. Tournure classique, pour « éprouver une chose, la mettre à l'essai ».
3. Cette image pleine de force, et qui prolonge celle d'une Ellénore souvent comparée à l'« orage » ou à une souveraine « despotique », exprime bien l'esclavage auquel l'amour réduit Adolphe.
4. Var. : M 1 et M 2 portent ici « haine », mot jugé trop dur et remplacé par « fureur » qui, toutes proportions gardées, l'est moins.

fureur ne diminuait en rien la terreur que m'inspirait l'idée de l'affliger.

Mon âme, fatiguée de ces sentiments amers, chercha tout à coup un refuge dans des sentiments contraires. Quelques mots, prononcés peut-être au hasard par le baron de T*** sur la possibilité d'une alliance douce et paisible, me servirent à me créer l'idéal d'une compagne. Je réfléchis au repos, à la considération, à l'indépendance même que m'offrirait un sort pareil ; car les liens que je traînais depuis si longtemps me rendaient plus dépendant mille fois que n'aurait pu le faire une union reconnue et constatée[1]. J'imaginais la joie de mon père ; j'éprouvais un désir impatient de reprendre dans ma patrie et dans la société de mes égaux la place qui m'était due ; je me représentais opposant une conduite austère et irréprochable à tous les jugements qu'une malignité froide et frivole avait prononcés contre moi, à tous les reproches dont m'accablait Ellénore.

« Elle m'accuse sans cesse, disais-je, d'être dur, d'être ingrat, d'être sans pitié. Ah ! si le ciel m'eût accordé une femme que les convenances sociales me permissent d'avouer, que mon père ne rougît pas d'accepter pour fille, j'aurais été mille fois heureux de la rendre heureuse. Cette sensibilité que l'on méconnaît parce qu'elle est souffrante et froissée, cette sensibilité dont on exige impérieusement des témoignages que mon cœur refuse à l'emportement et à la menace, qu'il me serait doux de m'y livrer avec l'être chéri compagnon d'une vie régulière et respectée ! Que n'ai-je pas fait pour Ellénore ! Pour elle j'ai quitté mon pays et ma famille ; j'ai pour elle affligé le

1. Sens juridique : établie par un acte officiel (l'acte de mariage).

cœur d'un vieux père qui gémit[1] encore loin de moi ; pour elle j'habite ces lieux où ma jeunesse s'enfuit solitaire, sans gloire, sans honneur et sans plaisir : tant de sacrifices faits sans devoir et sans amour ne prouvent-ils pas ce que l'amour et le devoir me rendraient capable de faire ? Si je crains tellement la douleur d'une femme qui ne me domine que par sa douleur, avec quel soin j'écarterais toute affliction, toute peine, de celle à qui je pourrais hautement me vouer sans remords et sans réserve ! Combien alors on me verrait différent de ce que je suis ! Comme cette amertume dont on me fait un crime, parce que la source en est inconnue, fuirait rapidement loin de moi ! Combien je serais reconnaissant pour[2] le ciel et bienveillant pour les hommes ! »

Je parlais ainsi ; mes yeux se mouillaient de larmes, mille souvenirs rentraient comme par torrents dans mon âme : mes relations avec Ellénore m'avaient rendu tous ces souvenirs odieux. Tout ce qui me rappelait mon enfance, les lieux où s'étaient écoulées mes premières années, les compagnons de mes premiers jeux, les vieux parents qui m'avaient prodigué les premières marques d'intérêt, me blessait et me faisait mal ; j'étais réduit à repousser, comme des pensées coupables, les images les plus attrayantes et les vœux les plus naturels. La compagne que mon imagination m'avait soudain créée[3]

1. Ce verbe ne convient guère aux sentiments du père d'Adolphe, ni aux termes, très fermes, de sa lettre citée au début de ce chapitre ; mais il est en harmonie avec le ton de regret de ce passage.
2. Construction de nos jours sortie de l'usage, puisqu'on est reconnaissant « envers » quelqu'un. Ce premier « pour » est en fait appelé par le second, de manière à créer cet effet d'insistance qui est majeur dans la figure de la répétition employée par Constant.
3. Var. : au lieu de « L'établissement qu'on me proposait s'alliait au contraire [...] » (M 1), l'édition de 1816 introduit donc

s'alliait au contraire à toutes ces images et sanctionnait tous ces vœux; elle s'associait à tous mes devoirs, à tous mes plaisirs, à tous mes goûts; elle rattachait ma vie actuelle à cette époque de ma jeunesse où l'espérance ouvrait devant moi un si vaste avenir, époque dont Ellénore m'avait séparé comme par un abîme. Les plus petits détails, les plus petits objets se retraçaient à ma mémoire : je revoyais l'antique château que j'avais habité avec mon père, les bois qui l'entouraient, la rivière qui baignait le pied de ses murailles, les montagnes qui bordaient son horizon[1]; toutes ces choses me paraissaient tellement présentes, pleines d'une telle vie, qu'elles me causaient un frémissement que j'avais peine à supporter; et mon imagination plaçait à côté d'elles une créature innocente et jeune qui les embellissait, qui les animait par l'espérance[2]. J'errais plongé dans cette rêverie, toujours sans plan fixe, ne me disant point qu'il fallait rompre avec Ellénore, n'ayant de la réalité qu'une idée sourde et confuse, et dans l'état d'un homme accablé de peine, que le sommeil a consolé par un songe, et qui pressent que ce songe va finir. Je découvris tout à coup le château d'Ellénore,

la mention de la « compagne » inventée par l'« imagination », évocation plus noble d'une sorte de Sylphide avant la lettre. Mais c'est la Sylphide *domestique* d'un Adolphe « rangé », qui rêve d'un mariage socialement acceptable. En 1803, lassé une fois de plus de sa liaison avec Mme de Staël, Constant a envisagé, lui aussi, de se libérer en épousant une certaine Amélie Fabri.

1. Description très stéréotypée du cadre d'une enfance heureuse.

2. Var. : M 1 porte ici : « qui doublait leur charme comme un ange entouré d'une lumière éthérée, qui, prenant pitié du voyageur perdu dans la nuit sombre, lui ferait soudain reconnaître à la lueur d'un flambeau céleste la rive désirée et l'asile dont il se croyait encore éloigné ». L'édition de 1816 a supprimé ces clichés qui allongeaient sensiblement la description.

dont insensiblement je m'étais rapproché ; je m'arrêtai ; je pris une autre route : j'étais heureux de retarder le moment où j'allais entendre de nouveau sa voix.

Le jour s'affaiblissait : le ciel était serein ; la campagne devenait déserte ; les travaux des hommes avaient cessé : ils abandonnaient la nature à elle-même. Mes pensées prirent graduellement une teinte plus grave et plus imposante. Les ombres de la nuit qui s'épaississaient à chaque instant, le vaste silence qui m'environnait et qui n'était interrompu que par des bruits rares et lointains, firent succéder à mon agitation un sentiment plus calme et plus solennel. Je promenais mes regards sur l'horizon grisâtre dont je n'apercevais plus les limites, et qui par là même me donnait, en quelque sorte, la sensation de l'immensité. Je n'avais rien éprouvé de pareil depuis longtemps : sans cesse absorbé dans des réflexions toujours personnelles, la vue toujours fixée sur ma situation, j'étais devenu étranger à toute idée générale ; je ne m'occupais que d'Ellénore et de moi ; d'Ellénore, qui ne m'inspirait qu'une pitié mêlée de fatigue ; de moi, pour qui je n'avais plus aucune estime. Je m'étais rapetissé, pour ainsi dire, dans un nouveau genre d'égoïsme, dans un égoïsme sans courage, mécontent et humilié ; je me sus bon gré de renaître à des pensées d'un autre ordre[1], et de

1. Ce passage sur le retour à la sérénité serait un ajout à la version primitive et aurait été inspiré par la crise religieuse que traverse Constant dans les années 1806-1807, et où, abandonnant l'athéisme de sa jeunesse, il subit l'influence de son cousin Charles de Langalerie, adepte de la secte des « Ames intérieures », à Lausanne. Cette secte protestante, fondée par un pasteur, est influencée par le quiétisme (doctrine prônant, outre la prière, l'abandon passif du chrétien au « pur amour » de Dieu et à la Providence) de la célèbre Mme Guyon (1648-1717), dont les thèses, un moment soutenues par Fénelon, furent condamnées par les catholiques.

me retrouver la faculté de m'oublier moi-même, pour me livrer à des méditations désintéressées : mon âme semblait se relever d'une dégradation longue et honteuse.

La nuit presque entière s'écoula ainsi. Je marchais au hasard ; je parcourus des champs, des bois, des hameaux où tout était immobile. De temps en temps j'apercevais dans quelque habitation éloignée une pâle lumière qui perçait l'obscurité. « Là, me disais-je, là peut-être quelque infortuné s'agite sous la douleur ou lutte contre la mort ; contre la mort, mystère inexplicable, dont une expérience journalière paraît n'avoir pas encore convaincu les hommes, terme assuré qui ne nous console ni ne nous apaise, objet d'une insouciance habituelle et d'un effroi passager ! Et moi aussi, poursuivais-je, je me livre à cette inconséquence insensée ! Je me révolte contre la vie, comme si la vie devait ne pas finir ! Je répands du malheur autour de moi, pour reconquérir quelques années misérables que le temps viendra bientôt m'arracher ! Ah ! renonçons à ces efforts inutiles : jouissons de voir ce temps s'écouler, mes jours se précipiter les uns sur les autres ; demeurons immobile, spectateur indifférent d'une existence à demi passée ; qu'on s'en empare, qu'on la déchire : on n'en prolongera pas la durée ! Vaut-il la peine de la disputer[1] ?

Dans *Cécile*, le héros relate longuement la conversion de Constant au quiétisme ; il trace le portrait du chevalier de Langalerie qui lui conseille de s'abandonner à cette « puissance plus forte que [lui]-même ». Pour la première fois, le héros se sent alors moins tourmenté, et se regarde « comme l'enfant conduit par un guide invisible ». Il décide alors de ne plus rien tenter contre Mme de Malbée et d'attendre que la Providence le réunisse à Cécile (*op. cit.*, pp. 207 et 209).
    1. En faire l'objet d'une lutte.

L'idée de la mort a toujours eu sur moi beaucoup d'empire. Dans mes afflictions les plus vives, elle a toujours suffi pour me calmer aussitôt : elle produisit sur mon âme son effet accoutumé ; ma disposition pour Ellénore devint moins amère. Toute mon irritation disparut[1] ; il ne me restait de l'impression de cette nuit de délire qu'un sentiment doux et presque tranquille : peut-être la lassitude physique que j'éprouvais contribuait-elle à cette tranquillité.

Le jour allait renaître. Je distinguais déjà les objets. Je reconnus que j'étais assez loin de la demeure d'Ellénore. Je me peignis son inquiétude, et je me pressais pour arriver près d'elle, autant que la fatigue pouvait me le permettre, lorsque je rencontrai un homme à cheval, qu'elle avait envoyé pour me chercher. Il me raconta qu'elle était depuis douze heures dans les craintes les plus vives ; qu'après être allée à Varsovie, et avoir parcouru les environs, elle était revenue chez elle dans un état inexprimable d'angoisse, et que de toutes parts les habitants du village étaient répandus dans la campagne pour me découvrir. Ce récit me remplit d'abord d'une impatience[2] assez pénible. Je m'irritais de me voir soumis par Ellénore à une surveillance importune. En vain me répétais-je que son amour seul en était la cause : cet amour n'était-il pas aussi la cause de tout mon malheur ? Cependant je parvins à vaincre ce sentiment que je me reprochais. Je la savais alarmée et souffrante. Je montai à che-

1. Var. : on trouve dans M 1 ceci : « La volonté de mon père me tourmentait encore. Mais je me flattais de l'apaiser par des assurances d'affection, par la promesse mille fois réitérée de quitter Ellénore dès qu'elle serait moins malheureuse » ; tous détails supprimés en 1816.
2. Souffrance morale assez forte.

val. Je franchis avec rapidité la distance qui nous séparait. Elle me reçut avec des transports de joie. Je fus ému de son émotion. Notre conversation fut courte, parce que bientôt elle songea que je devais avoir besoin de repos : et je la quittai, cette fois du moins, sans avoir rien dit qui pût affliger son cœur.

CHAPITRE VIII

Le lendemain je me relevai poursuivi des mêmes idées qui m'avaient agité la veille[1]. Mon agitation redoubla les jours suivants; Ellénore voulut inutilement en pénétrer la cause : je répondais par des monosyllabes contraints à ses questions impétueuses; je me raidissais contre son instance, sachant trop qu'à ma franchise succéderait sa douleur, et que sa douleur m'imposerait une dissimulation nouvelle.

Inquiète et surprise, elle recourut à l'une de ses amies[2] pour découvrir le secret qu'elle m'accusait de lui cacher; avide de se tromper elle-même, elle cherchait un fait où il n'y avait qu'un sentiment. Cette amie m'entretint de mon humeur bizarre, du soin que je mettais à repousser toute idée d'un lien durable, de mon inexplicable soif de rupture et d'isolement. Je l'écoutai longtemps en silence; je n'avais

1. Ce chapitre est, dans le manuscrit de Lausanne, en partie rédigé par Constant, en partie par le copiste. Son début a été modifié.
2. En lecture étroitement « biographique », cette « amie » obligeante est soit Mme Récamier, liée avec Mme de Staël; soit Julie Talma, confidente d'Anna Lindsay.

dit jusqu'à ce moment à personne que je n'aimais plus Ellénore ; ma bouche répugnait à cet aveu qui me semblait une perfidie. Je voulus pourtant me justifier ; je racontai mon histoire avec ménagement, en donnant beaucoup d'éloges à Ellénore, en convenant des inconséquences de ma conduite, en les rejetant sur les difficultés de notre situation, et sans me permettre une parole qui prononçât[1] clairement que la difficulté véritable était de ma part l'absence de l'amour. La femme qui m'écoutait fut émue de mon récit : elle vit de la générosité dans ce que j'appelais de la faiblesse, du malheur dans ce que je nommais de la dureté. Les mêmes explications qui mettaient en fureur Ellénore passionnée, portaient la conviction dans l'esprit de son impartiale amie. On est si juste lorsque l'on est désintéressé ! Qui que vous soyez, ne remettez jamais à un autre les intérêts de votre cœur ; le cœur seul peut plaider sa cause : il sonde seul ses blessures ; tout intermédiaire devient un juge ; il analyse, il transige, il conçoit l'indifférence ; il l'admet comme possible, il la reconnaît pour inévitable ; par là même il l'excuse, et l'indifférence se trouve ainsi, à sa grande surprise, légitime à ses propres yeux. Les reproches d'Ellénore m'avaient persuadé que j'étais coupable ; j'appris de celle qui croyait la défendre que je n'étais que malheureux. Je fus entraîné à l'aveu complet de mes sentiments : je convins que j'avais pour Ellénore du dévouement, de la sympathie[2], de la pitié ; mais j'ajoutai que l'amour n'entrait pour rien dans les devoirs que je m'imposais. Cette vérité, jusqu'alors renfermée dans mon cœur, et quelquefois seulement

1. A le sens de « déclarer ».
2. Le terme a ici son acception actuelle.

révélée à Ellénore au milieu du trouble et de la colère, prit à mes propres yeux plus de réalité et de force, par cela seul qu'un autre en était devenu dépositaire. C'est un grand pas, c'est un pas irréparable, lorsqu'on dévoile tout à coup aux yeux d'un tiers les replis cachés d'une relation intime ; le jour qui pénètre dans ce sanctuaire constate et achève les destructions que la nuit enveloppait de ses ombres : ainsi les corps renfermés dans les tombeaux conservent souvent leur première forme, jusqu'à ce que l'air extérieur vienne les frapper et les réduire en poudre[1].

L'amie d'Ellénore me quitta : j'ignore quel compte elle lui rendit de notre conversation, mais, en approchant du salon, j'entendis Ellénore qui parlait d'une voix très animée ; en m'apercevant, elle se tut. Bientôt elle reproduisit sous diverses formes des idées générales, qui n'étaient que des attaques particulières. « Rien n'est plus bizarre, disait-elle, que le zèle de certaines amitiés ; il y a des gens qui s'empressent de se charger de vos intérêts pour mieux abandonner votre cause ; ils appellent cela de l'attachement : j'aimerais mieux de la haine. » Je compris facilement que l'amie d'Ellénore avait embrassé mon parti contre elle, et l'avait irritée en ne paraissant pas me juger assez coupable. Je me sentis ainsi d'intelligence avec un autre contre Ellénore : c'était entre nos cœurs une barrière de plus.

Quelques jours après, Ellénore alla plus loin : elle était incapable de tout empire sur elle-même ; dès

---

1. Comparaison qui, reprenant une analogie antérieure, la transforme en image de mort (la « poudre » est un cliché de la langue poétique).

qu'elle croyait avoir un sujet de plainte, elle marchait droit à l'explication, sans ménagement et sans calcul, et préférait le danger de rompre à la contrainte de dissimuler. Les deux amies se séparèrent à jamais brouillées.

« Pourquoi mêler des étrangers à nos discussions intimes? dis-je à Ellénore. Avons-nous besoin d'un tiers pour nous entendre? et si nous ne nous entendons plus, quel tiers pourrait y porter remède? — Vous avez raison, me répondit-elle : mais c'est votre faute; autrefois je ne m'adressais à personne pour arriver jusqu'à votre cœur. »

Tout à coup Ellénore annonça le projet de changer son genre de vie. Je démêlai par ses discours qu'elle attribuait à la solitude dans laquelle nous vivions le mécontentement qui me dévorait : elle épuisait toutes les explications fausses avant de se résigner à la véritable. Nous passions tête à tête de monotones soirées entre le silence et l'humeur; la source des longs entretiens était tarie.

Ellénore résolut d'attirer chez elle les familles nobles qui résidaient dans son voisinage ou à Varsovie. J'entrevis facilement les obstacles et les dangers de ses tentatives. Les parents qui lui disputaient son héritage avaient révélé ses erreurs passées, et répandu contre elle mille bruits calomnieux. Je frémis des humiliations qu'elle allait braver, et je tâchai de la dissuader de cette entreprise. Mes représentations furent inutiles; je blessai sa fierté par mes craintes, bien que je ne les exprimasse qu'avec ménagement. Elle supposa que j'étais embarrassé de nos liens, parce que son existence était équivoque; elle n'en fut que plus empressée à reconquérir une place honorable dans le monde : ses efforts obtinrent quelque succès. La fortune dont elle jouissait, sa beauté, que le temps n'avait encore que légèrement diminuée, le bruit même de ses aventures, tout en elle excitait la curiosité. Elle se vit entourée bientôt d'une société nombreuse ; mais elle était poursuivie d'un sentiment secret d'embarras et d'inquiétude. J'étais mécontent de ma situation, elle s'imaginait que je l'étais de la sienne ; elle s'agitait pour en sortir ; son désir ardent ne lui permettait point de calcul, sa position fausse jetait de l'inégalité dans sa conduite[1] et de la précipitation dans ses démarches. Elle avait l'esprit juste, mais peu étendu ; la justesse de son esprit était dénaturée par l'emportement de son caractère, et son peu d'étendue l'empêchait d'apercevoir la ligne la plus habile, et de saisir des nuances délicates[2]. Pour la première fois elle avait un but ; et comme elle se précipitait vers ce but, elle le manquait. Que de dégoûts elle dévora sans me les communiquer ! Que de fois je rougis pour elle sans avoir la force de le lui dire ! Tel est parmi les hommes le pouvoir de la réserve et de la mesure, que je l'avais vue plus respectée par les amis du comte de P*** comme sa maîtresse, qu'elle ne l'était par ses voisins comme héritière d'une grande fortune, au milieu de ses vassaux[3]. Tour à tour haute et suppliante, tantôt prévenante, tantôt susceptible, il y avait dans ses actions et dans ses paroles je ne sais quelle fougue

---

1. Sa position fausse rendait sa conduite (en société) instable, imprévisible.
2. Bonne illustration du don d'analyse qu'a Adolphe. Ellénore raisonne juste, mais son caractère passionné limite les effets de cette « justesse » ; de plus, elle a des vues étroites qui l'empêchent de saisir les nuances.
3. Image hyperbolique (bien que maîtresse d'un grand

destructive de la considération[1] qui ne se compose que du calme[2].

En relevant ainsi les défauts d'Ellénore, c'est moi que j'accuse et que je condamne. Un mot de moi l'aurait calmée : pourquoi n'ai-je pu prononcer ce mot?

Nous vivions cependant plus doucement ensemble; la distraction nous soulageait de nos pensées habituelles. Nous n'étions seuls que par intervalles; et comme nous avions l'un dans l'autre une confiance sans bornes, excepté sur nos sentiments intimes, nous mettions les observations et les faits à la place de ces sentiments, et nos conversations avaient repris quelque charme. Mais bientôt ce nouveau genre de vie devint pour moi la source d'une nouvelle perplexité. Perdu dans la foule qui environnait Ellénore, je m'aperçus que j'étais l'objet de l'étonnement et du blâme. L'époque approchait où son procès devait être jugé : ses adversaires prétendaient qu'elle avait aliéné[3] le cœur paternel par des égarements sans nombre; ma présence venait à l'appui de leurs assertions. Ses amis me reprochaient de lui faire tort. Ils excusaient sa passion pour moi; mais ils m'accusaient d'indélicatesse : j'abusais, disaient-ils, d'un sentiment que j'aurais dû modérer. Je savais seul qu'en l'abandonnant je l'entraînerais

domaine, Ellénore ne donne pas ses terres en fief à d'autres nobles) : il s'agit donc des gens qui dépendent d'elle.

1. Phrase qu'on a trouvée lourde. Comprendre : la violence de ses propos contribuait à détruire la considération qu'on avait pour elle.

2. Après ce verbe pronominal à sens passif, on attendrait normalement plusieurs substantifs compléments d'agent.

3. « Aliéner » avec complément d'objet direct a-t-il le sens de « rendre fou » (également perceptible dans « s'aliéner », qui veut dire « devenir fou »)?

sur mes pas, et qu'elle négligerait pour me suivre tout le soin de sa fortune et tous les calculs de la prudence. Je ne pouvais rendre le public dépositaire de ce secret ; je ne paraissais donc dans la maison d'Ellénore qu'un étranger nuisible au succès même des démarches qui allaient décider de son sort ; et, par un étrange renversement de la vérité, tandis que j'étais la victime de ses volontés inébranlables, c'était elle que l'on plaignait comme victime de mon ascendant.

Une nouvelle circonstance[1] vint compliquer encore cette situation douloureuse.

Une singulière révolution s'opéra tout à coup dans la conduite et les manières d'Ellénore : jusqu'à cette époque elle n'avait paru occupée que de moi ; soudain je la vis recevoir et rechercher les hommages des hommes qui l'entouraient. Cette femme si réservée, si froide, si ombrageuse, sembla subitement changer de caractère. Elle encourageait les sentiments et même les espérances d'une foule de jeunes gens, dont les uns étaient séduits par sa figure, et dont quelques autres, malgré ses erreurs passées,

1. Le passage allant de « Une nouvelle circonstance [...] » à « [...] nouvelles chaînes », soit près d'un tiers de ce chapitre, est dans M 1 et dans M 2 ; mais il manque dans L et P, où il est remplacé par ceci : « Le bruit de ce blâme universel parvint jusqu'à moi. Je fus indigné de cette découverte inattendue. J'avais pour une femme oublié tous les intérêts, et repoussé tous les plaisirs de la vie, et c'était moi que l'opinion condamnait. Un mot me suffit pour bouleverser de nouveau la situation de la malheureuse Ellénore. Nous rentrâmes dans la solitude. Mais j'avais exigé ce sacrifice. Ellénore se croyait de nouveaux droits. Je me sentais chargé de nouvelles chaînes. » Les spécialistes de Constant pensent qu'il a supprimé ce très long passage en 1816 parce qu'il constitue une description assez précise des débordements amoureux de Mme de Staël, et notamment de son goût pour les jeunes gens. Il figure en revanche dans l'édition de 1824 ; mais Mme de Staël est alors morte depuis sept ans.

aspiraient sérieusement à sa main; elle leur accordait de longs tête-à-tête; elle avait avec eux ces formes[1] douteuses, mais attrayantes, qui ne repoussent mollement que pour retenir, parce qu'elles annoncent plutôt l'indécision que l'indifférence, et des retards que des refus. J'ai su par elle dans la suite, et les faits me l'ont démontré, qu'elle agissait ainsi par un calcul faux et déplorable. Elle croyait ranimer mon amour en excitant ma jalousie; mais c'était agiter des cendres que rien ne pouvait réchauffer. Peut-être aussi se mêlait-il à ce calcul, sans qu'elle s'en rendît compte, quelque vanité de femme; elle était blessée de ma froideur, elle voulait se prouver à elle-même qu'elle avait encore des moyens de plaire. Peut-être enfin, dans l'isolement où je laissais son cœur, trouvait-elle une sorte de consolation à s'entendre répéter des expressions d'amour que depuis longtemps je ne prononçais plus. Quoi qu'il en soit, je me trompai quelque temps sur ses motifs. J'entrevis l'aurore de ma liberté future; je m'en félicitai. Tremblant d'interrompre par quelque mouvement inconsidéré cette grande crise à laquelle j'attachais ma délivrance, je devins plus doux, je parus plus content. Ellénore prit ma douceur pour de la tendresse, mon espoir de la voir enfin heureuse sans moi pour le désir de la rendre heureuse. Elle s'applaudit de son stratagème. Quelquefois pourtant elle s'alarmait de ne me voir aucune inquiétude; elle me reprochait de ne mettre aucun obstacle à ces liaisons qui, en apparence, menaçaient de me l'enlever. Je repoussais ces accusations par des plaisanteries, mais je ne parvenais pas toujours à l'apaiser; son caractère se faisait

1. Mot très abstrait pour « manières de conduite ».

jour à travers la dissimulation qu'elle s'était imposée. Les scènes recommençaient sur un autre terrain, mais non moins orageuses. Ellénore m'imputait ses propres torts, elle m'insinuait qu'un seul mot la ramènerait à moi tout entière ; puis, offensée de mon silence, elle se précipitait de nouveau dans la coquetterie[1] avec une espèce de fureur.

C'est ici surtout, je le sens, que l'on m'accusera de faiblesse. Je voulais être libre, et je le pouvais avec l'approbation générale ; je le devais peut-être : la conduite d'Ellénore m'y autorisait et semblait m'y contraindre. Mais ne savais-je pas que cette conduite était mon ouvrage ? Ne savais-je pas qu'Ellénore au fond de son cœur n'avait pas cessé de m'aimer ? Pouvais-je la punir des imprudences que je lui faisais commettre, et, froidement hypocrite, chercher un prétexte dans ces imprudences, pour l'abandonner sans pitié ?

Certes, je ne veux point m'excuser, je me condamne plus sévèrement qu'un autre peut-être ne le ferait à ma place ; mais je puis au moins me rendre ici ce solennel témoignage, que je n'ai jamais agi par calcul, et que j'ai toujours été dirigé par des sentiments vrais et naturels. Comment se fait-il qu'avec ces sentiments je n'aie fait si longtemps que mon malheur et celui des autres ?

La société cependant m'observait avec surprise. Mon séjour chez Ellénore ne pouvait s'expliquer que par un extrême attachement pour elle, et mon indifférence sur les liens qu'elle semblait toujours prête à contracter démentait cet attachement. L'on attribua ma tolérance inexplicable à une légèreté de principes, à une insouciance pour la morale, qui annon-

1. Chez une femme, le désir de plaire par tous les moyens.

çaient, disait-on, un homme profondément égoïste, et que le monde avait corrompu. Ces conjectures, d'autant plus propres à faire impression qu'elles étaient plus proportionnées aux âmes qui les concevaient[1], furent accueillies et répétées. Le bruit en parvint enfin jusqu'à moi; je fus indigné de cette découverte inattendue : pour prix de mes longs sacrifices, j'étais méconnu, calomnié; j'avais, pour une femme, oublié tous les intérêts, et repoussé tous les plaisirs de la vie, et c'était moi que l'on condamnait.

Je m'expliquai vivement avec Ellénore : un mot fit disparaître cette tourbe[2] d'adorateurs qu'elle n'avait appelés que pour me faire craindre sa perte. Elle restreignit sa société à quelques femmes et à un petit nombre d'hommes âgés. Tout reprit autour de nous une apparence régulière : mais nous n'en fûmes que plus malheureux : Ellénore se croyait de nouveaux droits; je me sentais chargé de nouvelles chaînes.

Je ne saurais peindre quelles amertumes et quelles fureurs résultèrent de nos rapports ainsi compliqués. Notre vie ne fut plus qu'un perpétuel orage; l'intimité perdit tous ses charmes[3], et l'amour toute sa douceur; il n'y eut plus même entre nous ces retours passagers qui semblent guérir pour quelques instants d'incurables blessures. La vérité se fit jour de toutes parts, et j'empruntai, pour me faire entendre[4], les expressions les plus dures et les plus impitoyables. Je ne m'arrêtais que lorsque je voyais Ellé-

1. Il faut vraisemblablement comprendre ceci : ces conjectures (défavorables à Adolphe) ont eu d'autant plus d'effet sur ceux qui les avaient avancées qu'elles correspondaient (par leur contenu) à la médiocrité de leur âme (l'âme de ceux qui avaient répandu ces bruits).
2. Foule, au sens péjoratif.
3. Sens moderne : ses attraits.
4. Pour me faire comprendre.

nore dans les larmes; et ses larmes mêmes n'étaient qu'une lave brûlante qui, tombant goutte à goutte sur mon cœur, m'arrachait des cris, sans pouvoir m'arracher un désaveu. Ce fut alors que plus d'une fois, je la vis se lever pâle et prophétique[1] : « Adolphe, s'écriait-elle, vous ne savez pas le mal que vous faites; vous l'apprendrez un jour, vous l'apprendrez par moi, quand vous m'aurez précipitée dans la tombe. » Malheureux! lorsqu'elle parlait ainsi, que ne m'y suis-je jeté moi-même avant elle[2] !

---

1. Attitude théâtrale en rapport avec la gravité de l'oracle qui va suivre.
2. Var. : M 1 contient ici ces lignes, qui forment transition avec le chapitre suivant : « Je voudrais abréger ce fatal récit. Le remords me déchire et de lugubres images m'assiègent. Mais une tâche cruelle me reste. Il faut la remplir. »

CHAPITRE IX

Je n'étais pas retourné chez le baron de T***
depuis ma première visite[1]. Un matin je reçus de lui
le billet suivant :

« Les conseils que je vous avais donnés ne méri-
taient pas une si longue absence. Quelque parti que
vous preniez sur ce qui vous regarde, vous n'en êtes
pas moins le fils de mon ami le plus cher, je n'en
jouirai pas moins avec plaisir de votre société, et j'en
aurai beaucoup à vous introduire dans un cercle
dont j'ose vous promettre qu'il vous sera agréable de
faire partie. Permettez-moi d'ajouter que, plus votre
genre de vie, que je ne veux point désapprouver, a
quelque chose de singulier[2], plus il vous importe de
dissiper des préventions mal fondées, sans doute, en
vous montrant dans le monde. »

Je fus reconnaissant de la bienveillance qu'un
homme âgé me témoignait. Je me rendis chez lui ; il
ne fut point question d'Ellénore. Le baron me retint
à dîner : il n'y avait ce jour-là que quelques hommes

---

1. Selon P. Delbouille, ce chapitre, le plus court du roman, est
presque entièrement de la main de Constant et serait de rédaction
récente (édition citée, p. 236).
2. « Singulier » (latin *singulus*), signifie ici : unique.

assez spirituels et assez aimables. Je fus d'abord embarrassé[1], mais je fis effort sur moi-même ; je me ranimai, je parlai, je déployai le plus qu'il me fut possible de l'esprit et des connaissances. Je m'aperçus que je réussissais à captiver l'approbation. Je retrouvai dans ce genre de succès une jouissance d'amour-propre dont j'avais été privé dès longtemps[2] : cette jouissance me rendit la société du baron de T*** plus agréable.

Mes visites chez lui se multiplièrent. Il me chargea de quelques travaux relatifs à sa mission, et qu'il croyait pouvoir me confier sans inconvénient. Ellénore fut d'abord surprise de cette révolution dans ma vie ; mais je lui parlai de l'amitié du baron pour mon père, et du plaisir que je goûtais à consoler ce dernier de mon absence, en ayant l'air de m'occuper utilement. La pauvre Ellénore, je l'écris dans ce moment avec un sentiment de remords, éprouva quelque joie de ce que je paraissais plus tranquille, et se résigna, sans trop se plaindre, à passer souvent la plus grande partie de la journée séparée de moi. Le baron, de son côté, lorsqu'un peu de confiance se fut établi entre nous, me reparla d'Ellénore. Mon intention positive était toujours d'en dire du bien, mais, sans m'en apercevoir, je m'exprimais sur elle d'un ton plus leste et plus dégagé : tantôt j'indiquais, par des maximes générales[3], que je reconnaissais la nécessité de m'en détacher ; tantôt la plaisanterie venait à mon secours ; je parlais, en riant, des femmes et de la difficulté de rompre avec elles. Ces discours amusaient un vieux ministre dont l'âme

1. Troublé au point d'être muet.
2. Depuis longtemps.
3. Maximes qui ne mentionnaient pas le cas particulier d'Ellénore.

était usée, et qui se rappelait vaguement que, dans sa jeunesse, il avait aussi été tourmenté par des intrigues d'amour. De la sorte, par cela seul que j'avais un sentiment caché, je trompais plus ou moins tout le monde : je trompais Ellénore, car je savais que le baron voulait m'éloigner d'elle, et je le lui taisais ; je trompais M. de T***, car je lui laissais espérer que j'étais prêt à briser mes liens. Cette duplicité était fort éloignée de mon caractère naturel : mais l'homme se déprave dès qu'il a dans le cœur une seule pensée qu'il est constamment forcé de dissimuler.

Jusqu'alors je n'avais fait connaissance, chez le baron de T***, qu'avec les hommes qui composaient sa société particulière. Un jour il me proposa de rester à une grande fête qu'il donnait pour la naissance de son maître[1]. « Vous y rencontrerez, me dit-il, les plus jolies femmes de Pologne : vous n'y trouverez pas, il est vrai, celle que vous aimez ; j'en suis fâché, mais il y a des femmes que l'on ne voit que chez elles[2]. » Je fus péniblement affecté de cette phrase ; je gardai le silence, mais je me reprochais intérieurement de ne pas défendre Ellénore, qui, si l'on m'eût attaqué en sa présence, m'aurait si vivement défendu.

L'assemblée était nombreuse ; on m'examinait avec attention. J'entendais répéter tout bas, autour de moi, le nom de mon père, celui d'Ellénore, celui du comte de P***. On se taisait à mon approche ; on recommençait quand je m'éloignais. Il m'était démontré que l'on se racontait mon histoire, et cha-

---

1. L'anniversaire de son souverain.
2. Phrase ironique. Elle définit la situation d'Ellénore qui, depuis sa rupture avec le comte de P***, n'est plus reconnue dans la société aristocratique.

cun, sans doute, la racontait à sa manière. Ma situation était insupportable; mon front était couvert d'une sueur froide. Tour à tour je rougissais et je pâlissais.

Le baron s'aperçut de mon embarras. Il vint à moi, redoubla d'attentions et de prévenances, chercha toutes les occasions de me donner des éloges, et l'ascendant de sa considération[1] força bientôt les autres à me témoigner les mêmes égards.

Lorsque tout le monde se fut retiré : « Je voudrais, me dit M. de T***, vous parler encore une fois à cœur ouvert. Pourquoi voulez-vous rester dans une situation dont vous souffrez? A qui faites-vous du bien? Croyez-vous que l'on ne sache pas ce qui se passe entre vous et Ellénore? Tout le public est informé de votre aigreur et de votre mécontentement réciproque[2]. Vous vous faites du tort par votre faiblesse, vous ne vous en faites pas moins par votre dureté; car, pour comble d'inconséquence, vous ne la rendez pas heureuse, cette femme qui vous rend si malheureux. »

J'étais encore froissé[3] de la douleur que j'avais éprouvée. Le baron me montra plusieurs lettres de mon père. Elles annonçaient une affliction bien plus vive que je ne l'avais supposée. Je fus ébranlé. L'idée que je prolongeais les agitations d'Ellénore vint ajouter à mon irrésolution. Enfin, comme si tout s'était réuni contre elle, tandis que j'hésitais, elle-même, par sa véhémence, acheva de me décider. J'avais été absent tout le jour; le baron m'avait retenu chez lui

1. Comprendre : « L'influence de son estime pour moi força bientôt... »
2. Accord de l'adjectif avec le substantif le plus rapproché.
3. Blessé.

après l'assemblée ; la nuit s'avançait. On me remit de la part d'Ellénore une lettre en présence du baron de T***. Je vis dans les yeux de ce dernier une sorte de pitié de ma servitude. La lettre d'Ellénore était pleine d'amertume. « Quoi ! me dis-je, je ne puis passer un jour libre ! Je ne puis respirer une heure en paix ! Elle me poursuit partout, comme un esclave qu'on doit ramener à ses pieds » ; et, d'autant plus violent que je me sentais plus faible[1] : « oui, m'écriai-je, je prends, l'engagement de rompre avec Ellénore, je le remplirai dans trois jours[2], j'oserai le lui déclarer moi-même ; vous pouvez d'avance en instruire mon père ».

En disant ces mots, je m'élançai loin du baron. J'étais oppressé des paroles que je venais de prononcer, et je ne croyais qu'à peine à la promesse que j'avais donnée.

Ellénore m'attendait avec impatience. Par un hasard étrange, on lui avait parlé, pendant mon absence, pour la première fois, des efforts du baron de T*** pour me détacher d'elle. On lui avait rapporté les discours que j'avais tenus, les plaisanteries que j'avais faites. Ses soupçons étant éveillés, elle avait rassemblé dans son esprit plusieurs circonstances qui lui paraissaient les confirmer. Ma liaison subite avec un homme que je ne voyais jamais autrefois, l'intimité qui existait entre cet homme et mon père, lui semblaient des preuves irréfragables. Son inquiétude avait fait tant de progrès

---

1. Construction peu claire, où la proposition « et d'autant plus violent [...] faible », qui est antéposée, est une apposition de « je » dans « m'écriai-je ».
2. Var. : Dans L, P, C et D, les mots « je le remplirai dans trois jours » manquent ; mais comme ils sont repris dans l'avant-dernier paragraphe de ce chapitre, P. Delbouille les a rétablis ici.

en peu d'heures, que je la trouvai pleinement convaincue de ce qu'elle nommait ma perfidie[1].

J'étais arrivé auprès d'elle, décidé à lui tout dire. Accusé par elle, le croira-t-on ? je ne m'occupai qu'à tout éluder. Je niai même, oui, je niai ce jour-là ce que j'étais déterminé à lui déclarer le lendemain.

Il était tard ; je la quittai ; je me hâtai de me coucher pour terminer cette longue journée ; et quand je fus bien sûr qu'elle était finie, je me sentis, pour le moment, délivré d'un poids énorme.

Je ne me levai le lendemain que vers le milieu du jour, comme si, en retardant le commencement de notre entrevue, j'avais retardé l'instant fatal[2].

Ellénore s'était rassurée pendant la nuit, et par ses propres réflexions et par mes discours de la veille. Elle me parla de ses affaires avec un air de confiance qui n'annonçait que trop qu'elle regardait nos existences comme indissolublement unies. Où trouver des paroles qui la repoussassent dans l'isolement ?

Le temps s'écoulait avec une rapidité effrayante. Chaque minute ajoutait à la nécessité d'une explication. Des trois jours que j'avais fixés, déjà le second était prêt à disparaître. M. de T*** m'attendait au plus tard le surlendemain. Sa lettre pour mon père était partie, et j'allais manquer à ma promesse sans avoir fait pour l'exécuter la moindre tentative. Je sortais, je rentrais, je prenais la main d'Ellénore, je commençais une phrase que j'interrompais aussitôt, je regardais la marche du soleil qui s'inclinait vers

---

1. Le mot a ici son sens usuel : tromperie.
2. L'adjectif, de sens figuré, signifie évidemment : « qui porte le malheur ». Mais comme cet instant sera celui de la mort d'Ellénore, « fatal » peut très bien être lu dans son sens ancien : « qui porte la mort fixée par le destin ».

l'horizon. La nuit revint, j'ajournai[1] de nouveau. Un jour me restait : c'était assez d'une heure.

Ce jour se passa comme le précédent. J'écrivis à M. de T*** pour lui demander du temps encore : et, comme il est naturel aux caractères faibles de le faire, j'entassai dans ma lettre mille raisonnements pour justifier mon retard, pour démontrer qu'il ne changeait rien à la résolution que j'avais prise, et que, dès l'instant même, on pouvait regarder mes liens avec Ellénore comme brisés pour jamais.

1. Tournure rare : construction absolue de ce verbe qui demande normalement un complément (on ajourne par exemple un projet).

CHAPITRE X

Je passai[1] les jours suivants plus tranquille. J'avais rejeté dans le vague la nécessité d'agir ; elle ne me poursuivait plus comme un spectre ; je croyais avoir tout le temps de préparer Ellénore. Je voulais être plus doux, plus tendre avec elle, pour conserver au moins des souvenirs d'amitié. Mon trouble était tout différent de celui que j'avais connu jusqu'alors. J'avais imploré le ciel[2] pour qu'il élevât soudain entre Ellénore et moi un obstacle que je ne pusse franchir. Cet obstacle s'était élevé. Je fixais mes regards sur Ellénore comme sur un être que j'allais perdre. L'exigence, qui m'avait paru tant de fois insupportable, ne m'effrayait plus ; je m'en sentais

1. Dans M 1, ce chapitre est de la main de Constant. Deux feuillets de ce manuscrit ont été collés, et la pagination, qui est, comme celle des autres chapitres, faite par Constant, a été modifiée. P. Delbouille conclut de tout cela que la pagination est postérieure aux réfections opérées par l'écrivain, mais antérieure à une définitive mise au net (édition citée, p. 237).

2. Il n'y a pas trace, dans les précédents chapitres, de cette prière, et, dans le débat qui a occupé Adolphe jusqu'à présent, Dieu et la religion sont les grands absents. Mais ce chapitre qui raconte la mort d'Ellénore aura une coloration religieuse très nette.

affranchi d'avance. J'étais plus libre en lui cédant encore, et je n'éprouvais plus cette révolte intérieure qui jadis me portait sans cesse à tout déchirer. Il n'y avait plus en moi d'impatience : il y avait, au contraire, un désir secret de retarder le moment funeste[1].

Ellénore s'aperçut de cette disposition plus affectueuse et plus sensible : elle-même devint moins amère. Je recherchais des entretiens que j'avais évités ; je jouissais de ses expressions[2] d'amour, naguère importunes, précieuses maintenant, comme pouvant chaque fois être les dernières.

Un soir, nous nous étions quittés après une conversation plus douce que de coutume. Le secret que je renfermais dans mon sein me rendait triste ; mais ma tristesse n'avait rien de violent. L'incertitude sur l'époque de la séparation que j'avais voulue me servait à en écarter l'idée. La nuit, j'entendis dans le château un bruit inusité. Ce bruit cessa bientôt, et je n'y attachai point d'importance. Le matin cependant, l'idée m'en revint : j'en voulus savoir la cause, et je dirigeai mes pas vers la chambre d'Ellénore. Quel fut mon étonnement, lorsqu'on me dit que depuis douze heures elle avait une fièvre ardente[3],

1. Expression qui reprend l'« instant fatal » du chapitre précédent (voir note 2, p. 196). Elle est également à double sens : en fait, tout ce début de chapitre joue sur la mort de l'amour et la mort réelle.
2. Le terme désigne ici les manifestations de l'amour, par le langage ou par le comportement.
3. Terme générique qui, dans le langage médical du XIXe siècle, définit toute espèce de fièvre violente. Avec ce premier, et très vague, symptôme — de surcroît introduit sans transition —, commence le récit de la mort d'Ellénore. Pour les aspects très particuliers de cette description, très différente de la « belle mort » romantique, et pour les causes réelles de la mort de l'héroïne, voir l'Introduction, partie 4).

qu'un médecin que ses gens avaient fait appeler déclarait sa vie en danger, et qu'elle avait défendu impérieusement que l'on m'avertît ou qu'on me laissât pénétrer jusqu'à elle !

Je voulus insister. Le médecin sortit lui-même pour me représenter[1] la nécessité de ne lui causer aucune émotion. Il attribuait sa défense, dont il ignorait le motif, au désir de ne pas me causer d'alarmes. J'interrogeai les gens d'Ellénore avec angoisse sur ce qui avait pu la plonger d'une manière si subite dans un état si dangereux. La veille, après m'avoir quitté, elle avait reçu de Varsovie une lettre apportée par un homme à cheval ; l'ayant ouverte et parcourue, elle s'était évanouie ; revenue à elle, elle s'était jetée sur son lit sans prononcer une parole. L'une de ses femmes, inquiète de l'agitation qu'elle remarquait en elle, était restée dans sa chambre à son insu ; vers le milieu de la nuit, cette femme l'avait vue saisie d'un tremblement qui ébranlait le lit sur lequel elle était couchée : elle avait voulu m'appeler ; Ellénore s'y était opposée avec une espèce de terreur tellement violente qu'on n'avait osé lui désobéir. On avait envoyé chercher un médecin ; Ellénore avait refusé, refusait encore de lui répondre ; elle avait passé la nuit, prononçant des mots entrecoupés qu'on n'avait pu comprendre, et appuyant souvent son mouchoir sur sa bouche, comme pour s'empêcher de parler.

Tandis qu'on me donnait ces détails, une autre femme, qui était restée près d'Ellénore, accourut tout effrayée. Ellénore paraissait avoir perdu l'usage de ses sens. Elle ne distinguait rien de ce qui l'entourait. Elle poussait quelquefois des cris, elle répétait

1. « Me faire comprendre avec respect. »

mon nom, puis, épouvantée, elle faisait signe de la main, comme pour que l'on éloignât d'elle quelque objet qui lui était odieux.

J'entrai dans sa chambre. Je vis au pied de son lit deux lettres. L'une était la mienne au baron de T***, l'autre était de lui-même à Ellénore. Je ne conçus que trop alors le mot de cette affreuse énigme. Tous mes efforts[1] pour obtenir le temps que je voulais consacrer encore aux derniers adieux s'étaient tournés de la sorte contre l'infortunée que j'aspirais à ménager. Ellénore avait lu, tracées de ma main, mes promesses de l'abandonner, promesses qui n'avaient été dictées que par le désir de rester plus longtemps près d'elle, et que la vivacité de ce désir même m'avait porté à répéter, à développer de mille manières. L'œil indifférent de M. de T*** avait facilement démêlé dans ces protestations réitérées à chaque ligne l'irrésolution que je déguisais, et les ruses de ma propre incertitude. Mais le cruel avait trop bien calculé qu'Ellénore y verrait un arrêt irrévocable. Je m'approchai d'elle : elle me regarda sans me reconnaître. Je lui parlai : elle tressaillit. « Quel est ce bruit ? s'écria-t-elle ; c'est la voix qui m'a fait du mal[2]. » Le médecin remarqua que ma présence ajou-

---

1. Var. : le passage depuis « Tous mes efforts [...] » à « [...] arrêt irrévocable » est dans M 1 en marge. Il a été rajouté pour renforcer le pathétique de la situation d'Ellénore (Adolphe insiste notamment sur le fait qu'elle a lu la lettre où il promettait de l'abandonner).

2. Var. : M 1 portait d'abord : « c'est là le son qui m'a fait du mal ». Le remplacement de « son » par « voix » renvoie certainement au cri de Charlotte de Hardenberg, tombée gravement malade à Dole, le 12 décembre 1807 : « J'ai voulu lui parler, elle a frémi à ma voix. Elle a dit : "Cette voix, cette voix, c'est la voix qui fait du mal" », journal intime de Constant, *op. cit.*, p. 672. Ce rapprochement conduit aussi à penser que la rédaction de ce passage d'*Adolphe* est postérieure au 12 décembre 1807.

tait à son délire, et me conjura de m'éloigner. Comment peindre ce que j'éprouvai pendant trois longues heures ? Le médecin sortit enfin. Ellénore était tombée dans un profond assoupissement. Il ne désespérait pas de la sauver, si, à son réveil, la fièvre était calmée.

Ellénore dormit longtemps. Instruit de son réveil, je lui écrivis pour lui demander de me recevoir. Elle me fit dire d'entrer. Je voulus parler ; elle m'interrompit. « Que je n'entende de vous, dit-elle, aucun mot cruel. Je ne réclame plus, je ne m'oppose à rien ; mais que cette voix que j'ai tant aimée, que cette voix qui retentissait au fond de mon cœur n'y pénètre pas pour le déchirer. Adolphe, Adolphe, j'ai été violente, j'ai pu vous offenser ; mais vous ne savez pas ce que j'ai souffert. Dieu veuille que jamais vous ne le sachiez. »

Son agitation devint extrême. Elle posa son front sur ma main ; il était brûlant ; une contraction terrible défigurait ses traits[1]. « Au nom du Ciel, m'écriai-je, chère Ellénore, écoutez-moi. Oui, je suis coupable : cette lettre... » Elle frémit et voulut s'éloigner. Je la retins. « Faible, tourmenté, continuai-je, j'ai pu céder un moment à une instance cruelle ; mais n'avez-vous pas vous-même mille preuves que je ne

1. Dans *Cécile*, l'héroïne tombe également gravement malade et présente les mêmes signes qu'Ellénore. Comparer : « Elle resta jusqu'au matin dans cet état. L'empreinte de la mort était sur tous ses traits, et le chirurgien qui veillait avec moi auprès d'elle, me montrait dans la contraction de sa bouche, dans ses yeux où l'on n'apercevait plus qu'un peu de blanc, dans la roideur de ses membres et dans ses extrémités déjà glacées, les signes avant-coureurs d'une dissolution inévitable. [...] Le délire succéda à l'insensibilité. [...] Ma voix seule faisait impression sur elle, et cette impression paraissait douloureuse. [...] Elle ne pouvait ni prononcer un mot ni soulever la tête », *op. cit.*, p. 219. Mais le texte s'achève sur cela, et on ne sait donc pas si Cécile meurt.

puis vouloir ce qui nous sépare? J'ai été mécontent, malheureux, injuste; peut-être, en luttant avec trop de violence contre une imagination rebelle, avez-vous donné de la force à des velléités passagères que je méprise aujourd'hui[1]; mais pouvez-vous douter de mon affection profonde? Nos âmes ne sont-elles pas enchaînées l'une à l'autre par mille liens que rien ne peut rompre? Tout le passé ne nous est-il pas commun? Pouvons-nous jeter un regard sur les trois années qui viennent de finir sans nous retracer des impressions que nous avons partagées, des plaisirs que nous avons goûtés, des peines que nous avons supportées ensemble? Ellénore, commençons en ce jour une nouvelle époque, rappelons les heures du bonheur et de l'amour. » Elle me regarda quelque temps avec l'air du doute. « Votre père, reprit-elle enfin, vos devoirs, votre famille, ce qu'on attend de vous!... — Sans doute[2], répondis-je, une fois, un jour, peut-être... » Elle remarqua que j'hésitais. « Mon Dieu, s'écria-t-elle, pourquoi m'avait-il rendu l'espérance pour me la ravir aussitôt? Adolphe, je vous remercie de vos efforts : ils m'ont fait du bien, d'autant plus de bien qu'ils ne vous coûteront, je l'espère, aucun sacrifice; mais, je vous en conjure, ne parlons plus de l'avenir. Ne vous reprochez rien, quoi qu'il arrive. Vous avez été bon pour moi. J'ai voulu ce qui n'était pas possible[3]. L'amour était

1. Phrase peu claire : l'« imagination » est celle d'Adolphe, elle a été « rebelle » en rêvant de s'affranchir de l'amour d'Ellénore qui, en luttant trop brutalement contre elle, a obtenu un résultat contraire puisqu'elle a donné de la « force » à des « velléités » (les lettres où Adolphe promettait de la quitter) que le héros juge maintenant passagères...
2. Sens actuel : peut-être.
3. Phrase qui résume toute la vie d'Ellénore (voir l'Introduction, partie 3).

toute ma vie : il ne pouvait être la vôtre. Soignez-moi maintenant quelques jours encore. » Des larmes coulèrent abondamment de ses yeux; sa respiration fut moins oppressée; elle appuya sa tête sur mon épaule. « C'est ici, dit-elle, que j'ai toujours désiré mourir. » Je la serrai contre mon cœur, j'abjurai de nouveau mes projets, je désavouai mes fureurs cruelles. « Non, reprit-elle, il faut que vous soyez libre et content. — Puis-je l'être si vous êtes malheureuse? — Je ne serai pas longtemps malheureuse, vous n'aurez pas longtemps à me plaindre. » Je rejetai loin de moi des craintes que je voulais croire chimériques. « Non, non, cher Adolphe, me dit-elle, quand on a longtemps invoqué la mort, le Ciel nous envoie à la fin je ne sais quel pressentiment infaillible qui nous avertit que notre prière est exaucée. » Je lui jurai de ne jamais la quitter. « Je l'ai toujours espéré, maintenant j'en suis sûre. »

C'était une de ces journées d'hiver où le soleil semble éclairer tristement la campagne grisâtre[1], comme s'il regardait en pitié[2] la terre qu'il a cessé de réchauffer. Ellénore me proposa de sortir. « Il fait bien froid, lui dis-je. — N'importe, je voudrais me promener avec vous. » Elle prit mon bras; nous marchâmes longtemps sans rien dire; elle avançait avec peine, et se penchait sur moi presque tout entière. « Arrêtons-nous un instant. — Non, me répondit-elle, j'ai du plaisir à me sentir encore soutenue par vous. » Nous retombâmes dans le silence. Le ciel était serein; mais les arbres étaient sans feuilles;

1. Correspondance « chromatique » dans le paysage en harmonie avec le tragique de l'instant : quand Adolphe commence sa méditation nocturne qui le mènera à la conscience de la mort (chapitre VII), l'horizon est également « grisâtre ».
2. Regardait avec pitié.

aucun souffle n'agitait l'air, aucun oiseau ne le traversait : tout était immobile, et le seul bruit qui se fît entendre était celui de l'herbe glacée qui se brisait sous nos pas. « Comme tout est calme, me dit Ellénore; comme la nature se résigne! Le cœur aussi ne doit-il pas apprendre à se résigner? » Elle s'assit sur une pierre; tout à coup elle se mit à genoux, et baissant la tête, elle l'appuya sur ses deux mains. J'entendis quelques mots prononcés à voix basse. Je m'aperçus qu'elle priait. Se relevant enfin, « Rentrons, dit-elle, le froid m'a saisie. J'ai peur de me trouver mal. Ne me dites rien; je ne suis pas en état de vous entendre. »

A dater de ce jour, je vis Ellénore s'affaiblir et dépérir. Je rassemblai de toutes parts des médecins autour d'elle : les uns m'annoncèrent un mal sans remède, d'autres me bercèrent d'espérances vaines; mais la nature sombre et silencieuse poursuivait d'un bras invisible son travail impitoyable. Par moments, Ellénore semblait reprendre à la vie[1]. On eût dit quelquefois que la main de fer qui pesait sur elle s'était retirée. Elle relevait sa tête languissante; ses joues se couvraient de couleurs un peu plus vives; ses yeux se ranimaient : mais tout à coup, par le jeu cruel d'une puissance inconnue, ce mieux mensonger disparaissait, sans que l'art en pût deviner la cause. Je la vis de la sorte marcher par degrés à la destruction. Je vis se graver sur cette figure si noble et si expressive les signes avant-coureurs de la mort. Je vis, spectacle humiliant et déplorable[2], ce caractère énergique et fier recevoir de la souffrance physique mille impressions confuses et incohé-

1. Se remettre à vivre.
2. Qui mérite d'être pleuré.

rentes, comme si, dans ces instants terribles, l'âme, froissée par le corps, se métamorphosait en tous sens pour se plier avec moins de peine à la dégradation des organes[1].

Un seul sentiment ne varia jamais dans le cœur d'Ellénore : ce fut sa tendresse pour moi. Sa faiblesse lui permettait rarement de me parler ; mais elle fixait sur moi ses yeux en silence, et il me semblait alors que ses regards me demandaient la vie que je ne pouvais plus lui donner. Je craignais de lui causer une émotion violente ; j'inventais des prétextes pour sortir : je parcourais au hasard tous les lieux où je m'étais trouvé avec elle ; j'arrosais de mes pleurs les pierres, le pied des arbres, tous les objets qui me retraçaient son souvenir.

Ce n'étaient pas les regrets de l'amour, c'était un sentiment plus sombre et plus triste ; l'amour s'identifie tellement à l'objet aimé, que dans son désespoir même il y a quelque charme. Il lutte contre la réalité, contre la destinée ; l'ardeur de son désir le trompe sur ses forces, et l'exalte au milieu de sa douleur. La mienne était morne et solitaire ; je n'espérais point mourir avec Ellénore ; j'allais vivre sans elle dans ce désert du monde, que j'avais souhaité tant de fois traverser indépendant. J'avais brisé l'être qui m'aimait ; j'avais brisé ce cœur, compagnon du mien, qui avait persisté à se dévouer à moi, dans sa tendresse infatigable ; déjà l'isolement m'atteignait. Ellénore respirait encore, mais je ne pouvais déjà plus lui confier mes pensées ; j'étais déjà seul sur la terre ; je ne vivais plus dans cette atmosphère

---

1. Comprendre : comme si l'âme, blessée par le corps, prenait mille formes pour supporter la dégradation des organes corporels. Peinture, déjà, de l'agonie, où le corps lutte contre la mort...

d'amour qu'elle répandait autour de moi; l'air que je respirais me paraissait plus rude, les visages des hommes que je rencontrais, plus indifférents; toute la nature semblait me dire que j'allais à jamais cesser d'être aimé.

Le danger d'Ellénore[1] devint tout à coup plus imminent; des symptômes qu'on ne pouvait méconnaître annoncèrent sa fin prochaine : un prêtre de sa religion l'en avertit[2]. Elle me pria de lui apporter une cassette qui contenait beaucoup de papiers; elle en fit brûler plusieurs devant elle, mais elle paraissait en chercher un qu'elle ne trouvait point, et son inquiétude était extrême. Je la suppliai de cesser cette recherche qui l'agitait, et pendant laquelle, deux fois, elle s'était évanouie. « J'y consens, me répondit-elle; mais, cher Adolphe, ne me refusez pas une prière. Vous trouverez parmi mes papiers, je ne sais où, une lettre qui vous est adressée; brûlez-la sans la lire, je vous en conjure au nom de notre amour, au nom de ces derniers moments que vous avez adoucis. » Je le lui promis; elle fut plus tranquille. « Laissez-moi me livrer à présent, me dit-elle, aux devoirs de ma religion[3]; j'ai bien des fautes à expier : mon amour pour vous fut peut-être une faute; je ne le croirais pourtant pas, si cet amour avait pu vous rendre heureux. »

Je la quittai : je ne rentrai qu'avec tous ses gens

---

1. Le danger que courait Ellénore...
2. Adolphe, comme son créateur, est protestant; mais Ellénore, comme la plupart des Polonais, est catholique. Notons aussi que Constant enregistre ici un usage qui ne tardera pas à disparaître après 1850 : c'est encore le prêtre, et pas le médecin, qui est le « *nuntius mortis* » (l'annonciateur de la mort).
3. Début du rituel pour les malades en danger de mort : Ellénore renvoie Adolphe pour se confesser, avant de recevoir le « saint viatique » (la communion), puis l'extrême-onction.

pour assister aux dernières et solennelles prières[1] ; à genoux dans un coin de sa chambre, tantôt je m'abîmais dans mes pensées, tantôt je contemplais, par une curiosité involontaire, tous ces hommes réunis, la terreur des uns, la distraction des autres, et cet effet singulier de l'habitude qui introduit l'indifférence dans toutes les pratiques prescrites, et qui fait regarder les cérémonies les plus augustes et les plus terribles comme des choses convenues et de pure forme ; j'entendais ces hommes répéter machinalement les paroles funèbres, comme si eux aussi n'eussent pas dû être acteurs[2] un jour dans une scène pareille, comme si eux aussi n'eussent pas dû mourir un jour. J'étais loin cependant de dédaigner ces pratiques ; en est-il une seule dont l'homme, dans son ignorance, ose prononcer l'inutilité ? Elles rendaient du calme à Ellénore : elles l'aidaient à franchir ce pas terrible vers lequel nous avançons tous, sans qu'aucun de nous puisse prévoir ce qu'il doit éprouver alors. Ma surprise n'est pas que l'homme ait besoin d'une religion ; ce qui m'étonne, c'est qu'il se croie jamais assez fort, assez à l'abri du malheur pour oser en rejeter une : il devrait, ce me semble, être porté, dans sa faiblesse, à les invoquer toutes ; dans la nuit épaisse qui nous entoure, est-il une

1. Mots suggérant qu'il s'agit, dans l'ancienne liturgie des agonisants, des prières (notamment des litanies), récitées par l'assistance lorsque le malade est au plus mal. Ces prières sont récitées à genoux, position qui est aussi celle d'Adolphe. Comme toute mort chrétienne autrefois, celle d'Ellénore a une portée communautaire, et toute sa domesticité (« ses gens ») y assiste.
2. Métaphore connue des écrivains de la mort. Voir par exemple Montaigne, qui dit que la mort, « [...] c'est l'acte à un seul personnage ». Mais, alors que Constant regrette l'indifférence des « gens » d'Ellénore, Montaigne souhaite au contraire mourir dans la solitude, et dit que la mort « n'est pas du rolle [rôle] de la société ».

lueur que nous puissions repousser[1]? Au milieu du torrent qui nous entraîne, est-il une branche à laquelle nous osions refuser de nous retenir?

L'impression produite sur Ellénore par une solennité si lugubre parut l'avoir fatiguée. Elle s'assoupit d'un sommeil assez paisible; elle se réveilla moins souffrante[2]; j'étais seul dans sa chambre; nous nous parlions de temps en temps à de longs intervalles. Le médecin qui s'était montré le plus habile dans ses conjectures m'avait prédit qu'elle ne vivrait pas vingt-quatre heures; je regardai tour à tour une pendule qui marquait les heures, et le visage d'Ellénore, sur lequel je n'apercevais nul changement nouveau. Chaque minute qui s'écoulait ranimait mon espérance, et je révoquais en doute les présages d'un art mensonger. Tout à coup Ellénore s'élança par un mouvement subit; je la retins dans mes bras: un tremblement convulsif agitait tout son corps; ses yeux me cherchaient, mais dans ses yeux se peignit un effroi vague, comme si elle eût demandé grâce à quelque objet menaçant qui se dérobait à mes

---

1. Cette méditation sur les consolations de la religion marque un réel tournant dans la pensée de Constant. A dix-huit ans, influencé par l'esprit des Lumières, il projetait d'écrire un livre sur le polythéisme romain, qui eût démontré la supériorité du paganisme antique sur le christianisme. En rédigeant *Adolphe*, il a bien changé. Dès 1805, il envisage un livre illustrant la logique et la nécessité de la croyance en Dieu. Dans ce livre, qui ne paraîtra qu'en 1833, en édition posthume, il écrit ceci, qui rappelle les lignes d'*Adolphe* : « Enfin, lorsque la vie nous échappe, nous nous élançons vers une autre vie. Ainsi la religion est la compagne fidèle, l'ingénieuse et infatigable amie de l'infortuné. » *De la Religion considérée dans sa source, ses formes et ses développements, Œuvres, op. cit.*, p. 1403.

2. Sérénité conforme à l'enseignement de l'Église depuis le Concile de Trente : les derniers sacrements, et notamment l'extrême-onction qui a effacé tous les péchés, apportent paix et réconfort au mourant.

regards : elle se relevait, elle retombait, on voyait qu'elle s'efforçait de fuir ; on eût dit qu'elle luttait[1] contre une puissance physique invisible, qui, lassée d'attendre le moment funeste, l'avait saisie et la retenait pour l'achever sur ce lit de mort. Elle céda enfin à l'acharnement de la nature ennemie ; ses membres s'affaissèrent, elle sembla reprendre quelque connaissance : elle me serra la main ; elle voulut pleurer, il n'y avait plus de larmes ; elle voulut parler, il n'y avait plus de voix : elle laissa tomber, comme résignée, sa tête sur le bras qui l'appuyait ; sa respiration devint plus lente : quelques instants après, elle n'était plus.

Je demeurai longtemps immobile, près d'Ellénore sans vie. La conviction de sa mort n'avait pas encore pénétré dans mon âme ; mes yeux contemplaient avec un étonnement stupide[2] ce corps inanimé. Une de ses femmes, étant entrée, répandit dans la maison la sinistre nouvelle. Le bruit qui se fit autour de moi me tira de la léthargie où j'étais plongé ; je me levai : ce fut alors que j'éprouvai la douleur déchirante et toute l'horreur de l'adieu sans retour. Tant de mouvement, cette activité de la vie vulgaire, tant de soins et d'agitations qui ne la regardaient plus, dissipèrent cette illusion que je prolongeais, cette illusion par laquelle je croyais encore exister avec Ellénore. Je sentis le dernier lien se rompre, et l'affreuse réalité se placer à jamais entre elle et moi. Combien elle me pesait, cette liberté que j'avais tant regrettée ! Combien elle manquait à mon cœur, cette dépen-

---

1. C'est l'instant de l'agonie proprement dite, mot venant du grec *agonia* (« lutte »), qui, d'abord employé pour la Passion du Christ, dans le texte grec de l'Évangile, a désigné ensuite l'ultime combat de la vie contre la mort.
2. Sens premier du latin *stupidus* : qui engourdit l'esprit.

dance qui m'avait révolté souvent! Naguère, toutes mes actions avaient un but; j'étais sûr, par chacune d'elles, d'épargner une peine ou de causer un plaisir: je m'en plaignais alors; j'étais impatienté qu'un œil ami observât mes démarches, que le bonheur d'un autre y fût attaché. Personne maintenant ne les observait; elles n'intéressaient personne; nul ne me disputait mon temps ni mes heures; aucune voix ne me rappelait quand je sortais : j'étais libre en effet; je n'étais plus aimé : j'étais étranger pour tout le monde.

L'on m'apporta tous les papiers d'Ellénore, comme elle l'avait ordonné; à chaque ligne, j'y rencontrai de nouvelles preuves de son amour, de nouveaux sacrifices qu'elle m'avait faits et qu'elle m'avait cachés. Je trouvai enfin cette lettre que j'avais promis de brûler; je ne la reconnus pas d'abord; elle était sans adresse, elle était ouverte[1] : quelques mots frappèrent mes regards malgré moi; je tentai vainement de les en détourner, je ne pus résister au besoin de la lire tout entière. Je n'ai pas la force de la transcrire[2] : Ellénore l'avait écrite après une des scènes violentes qui avaient précédé sa maladie. « Adolphe, me disait-elle, pourquoi vous acharnez-vous sur moi? quel est mon crime? de vous aimer, de ne pouvoir exister sans vous. Par quelle pitié bizarre n'osez-vous rompre un lien qui vous pèse, et déchirez-vous l'être malheureux près de qui votre pitié vous retient? Pourquoi me refusez-vous le triste plaisir de vous

---

1. Var.: M 1 porte ici: « Elle était barrée de sa main, elle m'était adressée, elle était ouverte », texte barré. En marge, il y a : « Je ne la reconnus pas d'abord; elle était sans adresse, elle était ouverte. »

2. Comprendre : « la transcrire entièrement ». En effet, Adolphe en cite de larges extraits.

croire au moins généreux ? Pourquoi vous montrez-vous furieux et faible ? L'idée de ma douleur vous poursuit, et le spectacle de cette douleur ne peut vous arrêter ! Qu'exigez-vous ? que je vous quitte ? Ne voyez-vous pas que je n'en ai pas la force ? Ah ! c'est à vous, qui n'aimez pas, c'est à vous à la trouver, cette force dans ce cœur lassé de moi, que tant d'amour ne saurait désarmer. Vous ne me la donnerez pas, vous me ferez languir dans les larmes, vous me ferez mourir à vos pieds. » « Dites un mot, écrivait-elle ailleurs. Est-il un pays où je ne vous suive ? est-il une retraite où je ne me cache pour vivre auprès de vous, sans être un fardeau dans votre vie ? Mais non, vous ne le voulez pas. Tous les projets que je propose, timide[1] et tremblante, car vous m'avez glacée d'effroi, vous les repoussez avec impatience. Ce que j'obtiens de mieux, c'est votre silence. Tant de dureté ne convient pas à votre caractère. Vous êtes bon ; vos actions sont nobles et dévouées : mais quelles actions effaceraient vos paroles ? Ces paroles acérées retentissent autour de moi : je les entends la nuit ; elles me suivent, elles me dévorent, elles flétrissent tout ce que vous faites. Faut-il donc que je meure, Adolphe ? Eh bien, vous serez content ; elle mourra, cette pauvre créature que vous avez protégée, mais que vous frappez à coups redoublés. Elle mourra, cette importune Ellénore que vous ne pouvez supporter autour de vous, que vous regardez comme un obstacle, pour qui vous ne trouvez pas sur la terre une place qui ne vous fatigue ; elle mourra : vous marcherez seul au milieu de cette foule à laquelle vous êtes impatient de vous mêler. Vous les connaîtrez, ces hommes que vous remerciez aujourd'hui

1. Craintive.

d'être indifférents ; et peut-être un jour, froissé par ces cœurs arides, vous regretterez ce cœur dont vous disposiez, qui vivait de votre affection, qui eût bravé mille périls pour votre défense, et que vous ne daignez plus récompenser d'un regard. »

LETTRE À L'ÉDITEUR[1]

Je vous renvoie, monsieur, le manuscrit que vous avez eu la bonté de me confier. Je vous remercie de cette complaisance, bien qu'elle ait réveillé en moi de tristes souvenirs, que le temps avait effacés; j'ai connu la plupart de ceux qui figurent dans cette histoire, car elle n'est que trop vraie. J'ai vu souvent ce bizarre et malheureux Adolphe, qui en est à la fois l'auteur et le héros; j'ai tenté d'arracher par mes conseils cette charmante[2] Ellénore, digne d'un sort plus doux et d'un cœur plus fidèle, à l'être malfaisant qui, non moins misérable qu'elle, la dominait par une espèce de charme, et la déchirait par sa faiblesse. Hélas! la dernière fois que je l'ai vue, je

1. Ni la lettre de l'Allemand à l'Éditeur ni la réponse de celui-ci ne sont dans les manuscrits. Elles apparaissent pour la première fois dans l'édition de 1816, ce qui a entraîné une modification importante à la fin de l'*Avis de l'Éditeur* (voir note 4, p. 82-83).
2. On peut hésiter sur le sens de l'adjectif, et d'autant plus que, trois lignes plus bas, Constant emploie, à propos d'Adolphe, l'expression « une espèce de charme » : disons donc que « charmante » a son sens moderne (agréable, séduisante), et que « charme » a son acception ancienne (envoûtement). Cette répétition de mots de la même famille n'est pas élégante et conduit à penser que ce texte a été rédigé assez vite.

croyais lui avoir donné quelque force, avoir armé sa raison contre son cœur. Après une trop longue absence, je suis revenu dans les lieux où je l'avais laissée, et je n'ai trouvé qu'un tombeau.

Vous devriez, monsieur, publier cette anecdote[1]. Elle ne peut désormais blesser personne, et ne serait pas, à mon avis, sans utilité. Le malheur d'Ellénore prouve que le sentiment le plus passionné ne saurait lutter contre l'ordre des choses. La société est trop puissante, elle se reproduit sous trop de formes, elle mêle trop d'amertumes[2] à l'amour qu'elle n'a pas sanctionné ; elle favorise ce penchant à l'inconstance, et cette fatigue impatiente, maladies de l'âme, qui la[3] saisissent quelquefois subitement au sein de l'intimité. Les indifférents ont un empressement merveilleux à être tracassiers au nom de la morale et nuisibles par zèle pour la vertu ; on dirait que la vue de l'affection les importune, parce qu'ils en sont incapables ; et quand ils peuvent se prévaloir d'un prétexte, ils jouissent de l'attaquer et de la détruire. Malheur donc à la femme qui se repose sur un sentiment que tout se réunit pour empoisonner, et contre lequel la société, lorsqu'elle n'est pas forcée à le respecter comme légitime, s'arme de tout ce qu'il y a de mauvais dans le cœur de l'homme pour décourager tout ce qu'il y a de bon !

L'exemple d'Adolphe ne sera pas moins instructif, si vous ajoutez qu'après avoir repoussé l'être qui

1. Pour le sens de ce mot, voir l'Introduction, partie 2.
2. Pluriel curieux, mais il s'explique peut-être par imitation d'une expression stéréotypée comme « les amertumes de la vie ».
3. Le pronom personnel « la » représente, en bonne logique syntaxique, la « société » (les hommes) qui, favorisant l'inconstance, se trouve punie lorsqu'elle se met à aimer. On n'ose en effet penser que ce pronom représente l'« âme », ce qui serait sémantiquement plus cohérent.

l'aimait, il n'a pas été moins inquiet, moins agité, moins mécontent ; qu'il n'a fait aucun usage d'une liberté reconquise au prix de tant de douleurs et de tant de larmes ; et qu'en se rendant bien digne de blâme, il s'est rendu aussi digne de pitié[1].

S'il vous en faut des preuves, monsieur, lisez ces lettres[2] qui vous instruiront du sort d'Adolphe ; vous le verrez dans bien des circonstances diverses, et toujours la victime de ce mélange d'égoïsme et de sensibilité qui se combinait en lui pour son malheur et celui des autres ; prévoyant le mal avant de le faire, et reculant avec désespoir après l'avoir fait ; puni de ses qualités plus encore que de ses défauts, parce que ses qualités prenaient leur source dans ses émotions, et non dans ses principes ; tour à tour le plus dévoué et le plus dur des hommes, mais ayant toujours fini par la dureté, après avoir commencé par le dévouement, et n'ayant ainsi laissé de traces que de ses torts.

1. Ce paragraphe évoque discrètement la vie d'Adolphe après la mort d'Ellénore. Il corrobore en partie, pour ce qui est de la tristesse, les détails donnés dans l'*Avis de l'Éditeur* (voir note 2, p. 82).
2. Ces « lettres » ne sont pas celles qui se trouvaient, avec le cahier contenant l'« anecdote », dans la cassette dont parle l'*Avis de l'Éditeur*. Dans cet *Avis*, l'Éditeur indique en effet que les lettres de la cassette étaient « anciennes » et avaient des adresses effacées, ce qui laisse supposer qu'il les a lues. De plus, il écrit qu'il a envoyé à l'Allemand uniquement le « manuscrit » (le cahier d'Adolphe). Les lettres que son correspondant lui envoie sont donc d'autres lettres d'Adolphe, antérieures ou postérieures aux premières, et qui lui permettront de compléter son jugement sur le personnage (ce que confirme la *Réponse*, qui parle de « nouveaux détails »).

RÉPONSE

Oui, monsieur, je publierai le manuscrit que vous me renvoyez (non que je pense comme vous sur l'utilité dont il peut être ; chacun ne s'instruit qu'à ses dépens dans ce monde, et les femmes qui le liront s'imagineront toutes avoir rencontré mieux qu'Adolphe ou valoir mieux qu'Ellénore) ; mais je le publierai comme une histoire assez vraie de la misère du cœur humain. S'il renferme une leçon instructive, c'est aux hommes[1] que cette leçon s'adresse : il prouve que cet esprit, dont on est si fier, ne sert ni à trouver du bonheur ni à en donner ; il prouve que le caractère, la fermeté, la fidélité, la bonté, sont les dons qu'il faut demander au Ciel ; et je n'appelle pas bonté cette pitié passagère qui ne subjugue point l'impatience[2], et ne l'empêche pas de

1. Non pas l'humanité en général, mais les hommes, vus dans leurs rapports affectifs avec les femmes. Jusqu'à présent, Constant nous a présenté un portrait relativement nuancé d'Adolphe, et qui ne contenait pas de condamnation sans appel. Mais ici, dans la bouche de l'Éditeur, commence le procès d'Adolphe, procès instruit après la lecture de son « cahier », et procès sans circonstances atténuantes, comme le montre notamment la répétition de « Je hais » (voir aussi l'Introduction, partie 4).
2. Ici : grande inquiétude, agitation très forte, teintée d'égoïsme.

rouvrir les blessures qu'un moment de regret avait fermées. La grande question dans la vie, c'est la douleur que l'on cause, et la métaphysique la plus ingénieuse ne justifie pas l'homme qui a déchiré le cœur qui l'aimait[1]. Je hais d'ailleurs cette fatuité d'un esprit qui croit excuser ce qu'il explique; je hais cette vanité qui s'occupe d'elle-même en racontant le mal qu'elle a fait, qui a la prétention de se faire plaindre en se décrivant, et qui, planant indestructible au milieu des ruines, s'analyse au lieu de se repentir. Je hais cette faiblesse qui s'en prend toujours aux autres de sa propre impuissance, et qui ne voit pas que le mal n'est point dans ses alentours, mais qu'il est en elle. J'aurais deviné qu'Adolphe a été puni de son caractère par son caractère même, qu'il n'a suivi aucune route fixe, rempli aucune carrière utile, qu'il a consumé ses facultés sans autre direction que le caprice, sans autre force que l'irritation; j'aurais, dis-je, deviné tout cela, quand vous ne m'auriez pas communiqué sur sa destinée de nouveaux détails, dont j'ignore encore si je ferai quelque usage. Les circonstances sont bien peu de chose, le caractère est tout; c'est en vain qu'on brise avec les objets et les êtres extérieurs, on ne saurait briser avec soi-même. On change de situation, mais on transporte dans chacune le tourment dont on espérait se délivrer; et comme on ne se corrige pas, en se déplaçant, l'on se trouve seulement avoir ajouté des remords aux regrets et des fautes aux souffrances.

1. Dans son *Benjamin Constant par lui-même*, G. Poulet cite un extrait d'une lettre de l'écrivain à sa cousine Rosalie (27 février 1804), où il use de termes analogues : « Tout ce que je respecte sur la terre c'est la douleur : et je veux mourir sans avoir à me reprocher de l'avoir bravée » (p. 85).

Table

Composition réalisée par EURONUMÉRIQUE

Achevé d'imprimer en juillet 2010 en Espagne par
LITOGRAFIA ROSÉS S.A.
Gava (08850)
Dépôt légal 1ère publication : février 1958
Édition 13 : juillet 2010
LIBRAIRIE GÉNÉRALE FRANÇAISE – 31, RUE DE FLEURUS – 75278 PARIS CEDEX 06